이것이 나이다

이것이 법이다 2

2015년 9월 3일 초판 1쇄 인쇄
2015년 9월 8일 초판 1쇄 발행

지은이 자카예프
발행인 이종주

기획 팀 이주현 이기헌
책임 편집 최전경

발행처 (주)로크미디어
출판등록 2003년 3월 24일
주소 서울시 용산구 원효로97길 46 5층
Tel (02)3273-5135 Fax (02)3273-5134
홈페이지 rokmedia.com **E-mail** rokmedia@empas.com

ⓒ 자카예프, 2015

값 8,000원

ISBN 979-11-255-9577-9 (2권)
ISBN 979-11-255-9575-5 04810 (세트)

이것이 법이다

2

자카예프 장편소설

로크미디어

CONTENTS

"지혜야, 진정하고 하나씩 말해 봐."

지혜는 커피숍 사건 때 만난 아이였다. 그 후에 몇 번이나 연락을 주고받기는 했지만 특별한 감정을 가진 것은 아니었다. 그런데 오밤중에 연락이 와서는 도와 달라고 하다니.

"집에 큰일이 났는데 생각나는 사람이 없어서.."

"큰일?"

그 말에 노형진은 눈을 찌푸렸다. 집에 큰일이 생겼는데 생각나는 사람이 없다는 건 어른들이라 할지라도 해결할 수 없다는 뜻이고, 지난번의 만남을 생각했을 때 법률적인 문제일 가능성이 높다는 것이다.

'아, 진짜 내 인생 왜 이러냐?'

좀 조용하게 공부하고 싶었을 뿐이다. 그런데 사방에서 도
와 달라고 하다니.

'그렇다고 안 된다고 할 수도 없고.'

 자신이 고작 중 3이라는 사실을 지혜는 알고 있다. 그럼에
도 불구하고 도움을 청한다는 건 그만큼 다급하다는 것이다.

"알았어. 도와줄게. 진정하고. 무슨 일인데?"

"우리 언니가 고소당했어, 흑흑."

'아니, 이건 또 뭔 개소리야?'

 다른 사람도 아니고 고작 고 2짜리를 무슨 고소란 말인가?

 친해지면서 이야기를 듣기로는 그녀의 언니가 고 2라고
했다. 공부는 못하지만 그래도 나름 글 쓰는 걸 좋아하는 문
학소녀라고 말이다.

'근데 왜? 설마 학교 폭력?'

 고 2짜리를 고소한다고 치면 기껏 생각나는 것은 학교 폭
력 같은 것뿐이다. 하지만 커피숍 당시에 보여 준 한지혜의
모습을 본다면 그건 가능성이 없다고 봐도 무방하다. 그런
개차반이 집에 있다면 어떻게든 영향을 받을 텐데 그곳에서
보여 준 모습은 무척이나 성실하고 발랐던 것이다.

"고소라니? 누구한테?"

"예쁜이한테."

"누구?"

"예쁜이."

"그게 누군데?"

무슨 사람 이름이 예쁜이란 말인가? 하지만 그건 착각이라는 사실을 아는 데에는 얼마 걸리지 않았다.

"아니, 그건 예명이고 정식 이름은 정상하야."

"정상하? 잠깐? 정상하?"

흔하지 않은 이름이다. 요즘 같은 시대에 정상하라니.

'부모님이 엄청 귀찮았던 모양이네.'

어찌 되었든 정상하라는 사람이 고소했다고 하니 이유가 있을 것이다.

"이유가 뭔데?"

"표절이래."

"뭐라고?"

표절이라니? 순간 표절이라고 할 만한 게 뭔지 이해하지 못한 노형진은 멍하니 있었다. 물론 표절이라는 단어의 뜻을 모르는 것은 아니다. 하지만 대상이 표절이라는 단어를 쓸 만한 작품이 있나 생각해야 했던 것이다.

"표절? 무슨 작품을 베꼈다는 거야?"

"그래, 흑흑."

"네 언니가 작품을 썼다는 거지?"

"응…… 근데 표절이라고…… 흑흑…….."

"아…… 음…… 일단은 내가 가 봐야겠는데."

전화상으로는 도무지 무슨 소리를 하는지 알 수가 없었다.

너무 울음이 섞여 있는 데다가 뭐라고 하는지 이해도 할 수가 없었던 것이다. 워낙 횡설수설이어서 말이다.

"빨리 와 줘, 제발……."

"그러니까…… 빨리 가고 싶은데 말이다."

시계를 보니 밤 11시 20분이다. 하루에 두 번 있는 버스는 벌써 오래전에 끊어진 시간.

"제발……."

"알았다."

하지만 여자가 제발이라는 말까지 쓰는데 모른 척할 수는 없다. 노형진은 일단 한지혜를 진정시키고 난 후 일어나서 여자 기숙사로 향했다.

"어머? 이게 누구야? 8시 이후에 남자는 접근 금지라는 거 모르니?"

사감이 노형진을 발견하고 웃으면서 말했다.

"8시 이전에 수업이나 끝내 주고 말하세요."

"호호호, 그건 내 소관이 아니라서 말이지. 그나저나 어쩐 일이야? 진짜로 이 시간에 남자가 여자 기숙사에 접근하는 건 금지야. 아무리 네가 어려도 말이지."

"사실은 급하게 나갈 일이 생겨서요. 누가 도움을 요청했는데 제가 무면허라."

"아!"

"효린 누나한테 부탁 좀 하려구요."

효린에게는 면허가 있다. 작지만 차도 있다. 공부를 못해서 쫓겨 온 게 아니라 공부를 잘해서 빠르게 학점을 따기 위해서 온 것이기 때문이었다.

"아무리 그래도 이 시간에 여자애를 남자애랑 내보내는 건 안 되는데."

"급해서 그러는데 어떻게 부탁 좀……."

"음……."

잠시 고민하던 여자 사감은 고개를 흔들었다.

"급한 거니?"

"네."

"그래도 안 돼. 하지만 나가는 게 목적이라면 선생님을 불러 줄 수 있는데, 그렇게 해 줄까?"

"그래도 된다면요."

학원 내에서 노형진을 모르는 사람은 없다. 최연소 사법시험 합격자라는 타이틀을 거머쥘 가능성이 높은 사람이기 때문이다.

"그럼 그러자꾸나."

그녀는 어디론가 전화했고 잠시 후 건장한 덩치의 한 남자가 나타났다.

"이 녀석이 그 녀석?"

"네, 얼른 데려다줘요."

"반갑다. 장풍천이라고 한다. 농업반을 담당하고 있지."

"노형진입니다. 저기, 제가 급해서 그러는데, 저 좀 시내로 데려다주세요."

"그러자꾸나."

그의 차를 타고 시내로 나가는 두 사람. 장풍천은 몇 마디 하긴 했지만 그다지 많은 대화를 하진 않았다. 하긴, 두 사람은 아예 학과가 다르니 말이다.

"그나저나 내일 수업은 못 오는 거냐?"

"그렇겠지요."

"하루 빠지면 타격이 클지도 모르는데?"

"뭐, 시험만 붙으면 되니까요."

"자신감이 넘쳐서 좋군. 알았다. 학원에는 네가 못 온다고 말해 두마."

자신을 내려 주고 가 버리자 노형진은 고개를 돌려서 약속 장소를 바라보았다. 스물네 시간 운영하는 햄버거 가게였다. 그 안으로 들어가니 한지혜가 불안한 눈빛으로 자리에 앉아 있었다.

"여기야, 여기."

"이제 진정된 거니?"

"조금."

"이제 천천히 말해 봐. 도대체 어떻게 된 거야? 그나저나 네 언니는 안 온 거야?"

"울다가 지쳐서 잠들었어. 그게 사실은……."

천천히 말을 시작하는 그녀. 그녀의 언니는 소위 말하는 문학소녀였다. 소설을 쓰는 것에 재능이 있었기에 소설을 써서 인터넷에 연재했는데 갑자기 자신이 쓴 소설이 표절이라면서 쪽지가 왔단다. 그래서 겁을 먹고 재빨리 글을 지웠는데, 얼마 전 경찰서에서 출석요구서가 날아왔다는 것이다.

"부모님은?"

"변호사를 알아본다고 갔는데."

"아니, 말하지 마라."

뻔하다. 아마도 수백만 원은 요구했을 것이다.

'그리고 그 결과는 뻔하지.'

이런 사건의 경우 제대로 된 변호사가 아니면 일하지 않는다. 왜냐하면 사건 수임료 300만 원만 받고 일하지 않아도 일반적으로 미성년자라서 제대로 된 처벌을 받지 않기 때문이다. 실제로 많은 사건들이 변호사들이 수임하고 난 후 그냥 대충 답변서를 내고 버티다가 얼굴만 비치는 경우가 많았다.

'그럴 때는 민사가 문제지.'

문제는 패소한 기록을 바탕으로 상대방이 민사소송을 걸어온다는 것이다. 적게는 수백만 원, 재수 없으면 수천만 원을 갚아야 하는데 이런 시골에서 사는 분들은 보통 그게 전 재산일 수도 있다.

'진짜 변호사들에 한해 수입 건수 제한을 두든가 해야지.'

일단 수임료만 받으면 대충 시간만 때우는 것을 노형진은 무척이나 싫어했다. 그 덕분에 압도적인 승률이 나올 수 있었다. 물론 그 덕분에 적도 많아졌지만.

"그래서 그 작품이 뭔데?"

"《비 오는 날의 무지개》라는 거야."

"《비 오는 날의 무지개》? 잠깐…… 《비 오는 날의 무지개》 그거, 이번에 크랭크인 들어간다는 그 작품 아냐?"

"흑흑흑."

"이런, 씨바."

크랭크인이라 쉽게 말해 영화 제작에 들어간다는 뜻이다. 그런데 이럴 경우 상당히 곤란해진다. 왜냐하면 그런 작품의 경우 제대로 손해배상이 들어가면 억 단위 배상금이 나올 수도 있기 때문이다.

"아니, 그걸 왜……."

"아니야, 언니는 그 작품은 본 적도 없대. 언니는 쓰는 걸 좋아하지, 보는 걸 좋아하지는 않는단 말이야."

"본 적도 없다고?"

"그래."

본 적도 없다? 물론 표절 시비가 터지면 작가들이 가장 많이 하는 거짓말이긴 하다. 하지만 상대방은 고작 고 2다. 그런 걸로 거짓말하기가 쉽지 않다.

"작가가 누구라고?"

"예쁜이. 본명은 정상하야."

"정상하라…… 잠깐, 정상하?"

요즘은 흔한 이름은 아니다. 그래서 웃고 말았던 이름이다. 그런데 기억을 더듬어 보자 왠지 그 이름이 낯설지가 않았다.

'누구지? 수임했던 사람인가?'

하지만 그렇게 특이한 사람이라면 기억했을 것이다. 그러나 아무리 기억을 더듬어도 정상하라는 사람은 기억에 없었다.

"혹시 다른 정보 없어?"

"누구? 정상하?"

"응."

"딱히 없는데…… 나도 이번에 처음 들은 이름이고…….."

"딱히 없다라……."

노형진은 핸드폰을 꺼내 들어 정상하라는 이름을 찾아봤다. 하지만 마땅한 게 없었다. 예쁜이라는 필명도 찾아봤지만 역시 마땅한 게 없었다. 물론 정보는 많이 나오지만 자신에게 중요한 게 없었다.

'젠장, 이번 달 데이터 요금 끝내주게 나오겠네.'

미래에는 스마트폰이 있지만 아직은 2G 폰이 대세다. 그리고 2G 폰은 따로 검색용 엔진이 있어서 그 요금은 엄청나게 비싸다. 하지만 피시방까지 가서 검색하기에는 한지혜가 너무 다급한 얼굴이었다.

'뭐, 피시방비나 이거나 비슷하다고 치자. 에효.'

그러고는 힘겹게 검색하는 노형진.

"《비 오는 날의 무지개》라고?"

"응."

혹시나 하는 마음에 작품을 찾아보던 노형진은 작품 설명에 나와 있는 등장인물, 정확하게는 출연 배우를 보고야 기억이 났다.

"이 사람이 정상하였어?"

"아는 사람이야? 혹시 내가 사과해서 끝날 수 있을까?"

"안다면 알고, 모른다면 모르는데."

정상하라는 이름 자체는 기억하지 못했지만 포스터에 나와 있는 등장인물들을 보고 나서야 누군지 기억할 수 있었다. 정상하. 필명 예쁜이. 데뷔 작품인 《비 오는 날의 무지개》가 무려 800만 관객을 동원하며 작가계의 샛별로 떠올랐던 작가다.

'이러니 내가 기억을 못 하지.'

문제는 대부분의 남자들이 그렇듯이 노형진 역시 로맨스 소설이나 영화에 그다지 관심이 없다는 것이었다. 그럼에도 불구하고 어렴풋하게나마 기억하는 건 두 가지 사실 때문이었다. 첫째, 그가 로맨스 소설 작가 중 특이하게 남자였다는 것. 둘째, 그의 마지막 때문이었다.

'확실히 이상한 일이었지.'

첫 작품이자 데뷔작인 《비 오는 날의 무지개》가 엄청난 작품성과 흥행성으로 대박이 난 데에 비해서 그 이후의 작품들인 《늑대의 울음소리》나 《꺾어 신은 군화》 같은 작품들은 첫 작품의 자기 표절 수준에서 벗어나지 못했기 때문이다. 더군다나 그마저도 제대로 되지 않아서 엄청나게 욕을 먹었고 영화는 죄다 망했다. 그러다가 방송계로 들어가서 그저 그런 불륜 드라마를 하나 썼는데 그마저도 일본의 드라마를 표절했다는 사실이 드러나서 퇴출당했다는 뉴스를 본 적이 있다.

"그러니까 그게 정상하였지?"

정상하라는 이름이 너무 촌스럽게 느껴졌는지 영화 성공 이후 정상준이라고 개명했지만 인터넷에서 과거의 이름을 찾는 건 어려운 게 아니었다.

"아…… 이거 참……."

어이가 없달까? 표절 전문 작가가 표절했다고 고소를 넣다니.

"그래서 언제 쓴 건데?"

"중학교 3학년 때……."

"뭐?"

순간 노형진은 멍해졌다. 지금 고 2니까 중학교 3학년이라고 하면 2년 전이다.

'시간 감각이 안 맞는데?'

2년 전에 쓴 걸 이제야 고소한다? 말도 안 된다. 인터넷 기록에 따르면 《비 오는 날의 무지개》는 작년 말, 그러니까

한창 친자 확인 소송을 시작할 때쯤 대박이 나서 수백만 부가 팔린 거다.

'그게 2년 전에 썼다고?'

왠지 이상한 느낌이 드는 노형진이었다. 물론 작가가 2년 전에 썼을 수도 있다. 하지만 그게 책으로 나온 건 작년이다. 그러니 상식적으로 표절할 수는 없는 노릇이다.

"뭔가 이상한데?"

"이상해?"

"그래, 그냥 타이밍이⋯⋯."

아무리 책이 늦게 나온다고 해도 무려 2년 전이다. 그리고 한지혜의 언니인 한지연은 어디서 그 원본을 얻었을까? 작가가 공개하지도 않았는데 말이다.

"아, 일단은 그 작품을 좀 봐야겠는데?"

"어떤 걸?"

"둘 다. 네 언니가 쓴 거랑 책으로 나온 거 둘 다."

"책으로 나온 건 어렵지 않아. 하지만 언니가 쓴 건 언니가 겁을 먹고 파일을 다 지워서⋯⋯."

"아⋯⋯."

"어쩌면 컴퓨터에 원고 파일이 있을지도 모르니까 내가 가서 한번 찾아볼게."

"알았어."

노형진은 뭔가 이상하다는 느낌을 강하게 받으면서도 말

을 아낄 수밖에 없었다.

⚖

"이걸 어떻게 보는 거야?"

아침이 되자마자 바로 서점으로 간 노형진은 문제의 책을 찾아서 읽기 시작했다. 그리고 내린 결론은 역시 남자들이 보기에는 닭살이 마구 솟아나는 책이라는 것이었다. 물론 이런 걸 좋아하는 여자들이 있으니 무려 800만에 달하는 관객을 모을 수 있었겠지만.

"일단은…… 주요 내용은 알겠는데."

확실히 감정적인 문제는 제외하고라도 문체나 등장인물들의 성격이 무척이나 잘 묘사된 글이었다.

"이걸 표절했다면 큰 문제인데."

이런 걸 표절해서 자기가 인터넷에 올렸다면 심각한 문제가 될 것이다. 그러나 여전히 그 2년 전이라는 부분에서 노형진은 뭔지 알 수 없는 께름칙한 기분을 느끼고 있었다.

"형진아."

"아, 지혜야."

때마침 울리는 전화기 소리에 그는 재빨리 전화를 받았다.

"원고가 있었어. 플로피디스크 안에 넣어 놓은 게 있대."

"플로피……라고?"

"그게…… 우리 집이 좀 가난해."

어렵사리 입을 여는 한지혜. 자신이 가난하다는 티를 내고 싶진 않았으리라.

'아무리 그래도 플로피라니.'

물론 노형진이 일하던 미래는 아니다. 하지만 요즘은 DVD가 대세지, 플로피디스크라는 구형 저장 장치가 달려 있는 컴퓨터가 아직도 있을 줄이야.

'하긴…… 미래에도 그거 쓰는 놈들이 있기는 했지.'

용량은 작지만 가지고 다니기도 쉽다. 더군다나 플로피디스크를 열 수 있는 장치 자체가 거의 없기 때문에 누가 줍더라도 쉽게 열기 힘들다. 그래서 보안에 신경 쓰는 변호사들 중에는 여전히 플로피를 쓰는 사람도 있었다. 이쯤이라면 아예 없지는 않을 것이다.

"일단 내가 봐야겠네."

"근데…… 그게…….."

"왜?"

"엄마랑 아빠가 계셔서…….."

"근데?"

"남자를 데리고 오면 화내실걸?"

"끙."

정식 변호사도 아니고 중 3짜리가 도와준다고 오면 믿지 않을 가능성이 높다.

"알았다. 저녁때쯤 갈게. 그러면 아마도 안 계시겠지."
"알았어."

노형진은 피시방에서 시간을 보내다가 그곳으로 향했다. 그리고 도착해서 지혜와 지연에게 인사를 건네고는 한참을 기다려서 컴퓨터 앞에 앉았다.

'부팅 시간 5분이라니, 너무하잖아.'

컴퓨터가 작동되는 데에 걸린 시간이 무려 5분. 아무래도 단순히 오래된 정도가 아니라 관리 자체도 안 되는 모양이었다.

"에…… 일단은…….."

플로피를 열고서 파일을 읽기 시작한 노형진. 그런데 그걸 보고 있던 노형진은 고개를 갸웃했다.

"같은 파일이야?"

"무슨 소리야?"

"너무 똑같은데?"

토씨와 말투까지 똑같았다. 단순히 표절이 아니라 작품 자체를 올렸다고 봐야 할 정도였다. 물론 중간중간 달라진 부분이 있었지만 극히 일부였다.

"아니야! 진짜로 언니가 쓴 거라고!"

"맞아, 내가 2년 전에 쓴 거야. 그냥 장난삼아 쓴 거라고 블로그에 올렸지만."

"블로그?"

"응."

"무슨 공개 사이트가 아니고?"

"난 그런 거 몰라."

다른 곳도 아니고 단순히 블로그라니…….

"다른 건 제목 정도인가?"

나온 작품은 《비 오는 날의 무지개》다. 하지만 이 작품은 '비 오는 날의 우울'이다.

"뭔가 이상한데?"

일단 노형진은 파일을 확인해 봤다. 모든 파일에는 제작 날짜가 적혀 있기 마련이기 때문이다. 그리고 파일이 제작된 날은 2년 전이 맞았다.

'물론 이것도 바꿀 수는 있지만…….'

전문적으로 하는 사람은 시간을 조절해서 바꿀 수도 있다. 하지만 이 집에서는 전문은커녕 여전히 플로피디스크가 들어 있는 컴퓨터를 쓰고 있고, 그나마도 관리가 안 되서 제대로 기동하려면 5분 가까이 기다려야 한다. 따라서 그런 짓을 할 수 있다고는 보이지 않는다.

"다른 파일은 뭔데?"

"다른 파일은 이거. 다음 작품들을 쓰다가 고등학생이 돼서 연재하다가 그만뒀지만."

그러니까 취미 삼아서 쓰던 작품들인데 연재하던 도중 고등학생이 돼서 왠지 쪽팔려서 연재를 중단했다는 것이다.

"다음 작품?"

호기심에 읽어 보기 시작하는 노형진. 그러나 그걸 보면서 노형진은 얼굴이 딱딱해졌다.

"이거 왠지……."

"왜?"

"익숙한 이야기들인데?"

"익숙하다니…… 언니, 설마……."

"아냐! 절대 표절 아냐!"

얼굴이 창백해지는 한지연이었다. 노형진 역시 고개를 흔들었다.

"혹시 말이야, 이거 연대기 아냐?"

"연대기라니?"

"중학교 때 만나서 고등학교 때 사귀다가 대학에 가서 사랑하고 결혼하는."

"맞아."

"이런, 쌍."

그 사실을 알고 노형진은 왠지 어떻게 된 건지 알 것 같았다. 소설의 내용이 자신이 회귀하기 전에 들은 이야기와 너무 똑같았던 것이다.

"이거…… 당했군."

"당하다니?"

"이건 누나가 표절한 게 아니라 도둑질당한 거야."

"도둑질?"

기억 속의 《비 오는 날의 무지개》와 《늑대의 울음소리》, 《꺾어 신은 군화》가 3부작 로맨스라고 엄청나게 광고해 댔던 걸 기억해 냈다. 물론 2부와 3부에 해당하는 작품들은 완전히 망했지만.

"이게 언니가 표절한 게 아니라 도둑질당한 거라고?"

"그래."

한 가지 가능성이 있지만 '설마' 했다. 왜냐하면 상대방도 고작 고 2짜리 학생이었기 때문이다. 그런데 이렇게 증거가 나와 버렸으니 부정할 수도 없었다.

"도둑질이라니…… 이해하지 못하겠어……."

"이런 거지. 누군가 누나의 작품을 보고 불법으로 가지고 간 거야. 그리고 연재 사이트에 연재했고 그게 대박이 난 거지."

"연재 사이트?"

"있어, 소설을 쓰는 곳이. 하여간 그게 대박이 나자 출판사에서 접근했고 그걸 출간하기까지 한 거야. 문제는 그때부터야. 출판한 것도 대박이 나자 영화 제작에까지 들어간 거지."

"그런데 도둑질이라니?"

"문제는 이거야. 원작자는 이게 자기 작품이 아닌 걸 알고 있어. 아마 누나 블로그에 온 사람이 많진 않겠지만 혹시나

누군가 블로그에 연재한 사람과 출판인이 동일인이 아니라
는 사실을 알게 된다면 난리 나는 거지. 절도에, 사기에, 표
절에, 계약 위반에…… 더럽게 꼬이게 되는 거야."

"……."

"가장 확실한 방법은 저작권을 받아 오는 거지. 그런데 누
나가 그걸 줄 리는 없어 보이니, 남은 건 빼앗는 것뿐이지."

"그럼 날 고소한 게?"

"저작권을 빼앗기 위해서야. 아마 맨 처음 경고한 것도 단
순히 삭제 요청을 하려는 게 아니라 삭제해서 인터넷상의 기
록을 지우고 싶었던 것이겠지."

그 말에 입을 쩍 벌리는 자매.

"보아하니 어른이 낀 문제야."

"어른이 끼었다고?"

"그래, 원작자는 누나랑 동급생이야. 이런 치밀한 작전은
못 쓴다고."

"그럴 리가."

'아마도 변호사가 끼었겠지.'

법률적 과정을 이용하여 증거를 삭제하는 방식으로 봤을
때 이건 단순히 부모님 같은 어른이 할 일은 아니다. 그렇다
면 이걸 어드바이스해 주는 변호사가 있다는 뜻이다.

'변호사는 돈만 되면 되니까.'

자신 같은 변호사가 있는 반면, 불법을 조장해 주고 돈을

받는 변호사도 있기 마련이다. 그리고 노형진이 봤을 때 이건 그쪽에 대해서 잘 아는 불법 조장 변호사가 한 일일 가능성이 높았다.

"저쪽에서는 누나한테서 저작권을 빼앗아 올 목적인 거야. 형사처벌을 받고 나면 빼도 박도 못하게 누나의 저작권을 빼앗는 거지."

"근데…… 왜 이제 와서…… 소설 자체는 작년에 나왔다면서?"

"후속작 때문이지."

"후속작?"

"이거 연대기잖아."

중학교 시절을 기반으로 한 《비 오는 날의 무지개》, 아니 '비 오는 날의 우울'은 잘 만든 작품이다. 그리고 완결되었다. 하지만 그다음 작품들은 시작하고 나서 쓰다가 멈췄다. 어쩔 수가 없었다. 그녀 자체가 글을 쓰는 데에 필요한 그 시절의 경험이 없었기 때문이다.

"그러니까 상대방은 누나가 글을 마저 다 쓰기를 기다리고 있었던 거야."

"그, 그런……."

말을 못 하는 한지연.

"근데 왜 고소를 넣은 거야?"

"글 쓰는 걸 멈춘 지가 2년이야. 보통은 그러면 작품이 더 이상 나오지 않을 가능성이 높지."

"그래서 날 고소한 거야?"

"그래요, 누나. 작품도 안 나오는 데다가 영화화 계약까지 했는데 재수 없게 진짜 저작권자가 나타나면 머리 아프거든요."

"이럴 수가."

털썩 주저앉는 한지연. 노형진은 고개를 흔들었다.

'골 때리네, 이거.'

불법을 조장하는 변호사라는 존재들은 법적인 허점을 이용해서 불법적 이득을 만들어 내거나 누군가에게 불이익을 주기도 한다. 대표적인 예가 바로 파업 노조원에 대한 민사소송이다. 파업은 불법이 아니지만 민사소송의 대상이 된다. 변호사들은 파업에 가담한 노조원들에게 무차별적으로 민사소송을 진행시킴으로써 실질적으로 노조를 와해시킬 수도 있다. 그러지 않는다고 하더라도 회사 차원에서는 소송 당사자임을 이유로 정직시켜 버려서 실질적으로 노조의 활동을 아예 막아 버릴 수도 있다.

'부딪치고 싶지 않은 놈들인데.'

그들은 노형진도 진짜 싫어하는 놈들이다. 돈을 위해서 변호사 선서를 헌신짝 내버리듯이 버리는 인간들. 그들은 돈만 준다면 자기 부모도 고소하는 놈들이다. 실제로 그런 식으로 자기 부모의 돈을 빼앗은 놈들도 있었다.

"어, 어떻게……."

"끄응."

그런 놈들이 끼어들면 일이 복잡해진다. 그런 녀석들이 곤란한 점 중 하나가 절대로 허투루 일하지 않는다는 것이다. 만일 꼬투리가 잡히면, 재수 없으면 변호사 자격을 박탈당하기 때문이다. 범죄자를 변호하는 것과 범죄를 돕는 것은 전혀 다른 문제이니 말이다.

"벼, 변호사를 사야 할까?"

"무리야. 이건 변호사를 산다고 해도 못 이겨."

어쭙잖은 변호사를 사 봐야 수임료만 받고 마무리 지을 것이다. 그렇지 않다 해도 상대방이 악착같이 달려들 테니 진짜 실력이 있지 않다면 이기기도 힘들다. 아니, 애초에 이런 문제라면 대부분 사건을 맡는 것을 꺼린다.

"소송대리인이 누군데?"

"몰라."

"몰라?"

"출석요구서만 와서……."

"끙."

결국 노형진은 그녀들을 설득해서 경찰서로 전화하게 했다. 합의를 위해서 소송대리인을 만나고 싶다고 하니 역시나, 직접 한 게 아닌 모양인지 그 대리인을 알려 줬다. 그리고 그 대리인이 누군지 들었을 때 노형진은 얼굴을 찌푸렸다.

"법무법인 청계……라니…… 망했다……."

법무법인 청계. 대형 법무법인으로, 막대한 자금력을 가진 국내 굴지의 법무법인 중 한 곳이다. 그리고 알게 모르게 가진 자들을 위해서 컨설턴트, 즉 법률의 허점을 이용한 범죄 행위를 지원해 주는 곳이다. 그렇게 끈끈한 선으로 묶여 있는 청계의 위력은 상당했다.

"보아하니 그 남자애도 만만한 집은 아니군."

법무법인 청계가 붙은 걸 보면 그 남자애가 그저 그런 집안의 아이는 아니라는 뜻이다.

"그럼 어쩌지? 그냥 이대로 처벌받아야 하는 거야?"

"하아, 그건 아니지. 우리가 알아서 싸워야지."

"알아서 싸우자고? 어떻게?"

"뭐, 방법이 없는 건 아니야. 다만 이건 '아, 힘들다.', 또는 '곤란하다.' 정도로 해결될 게 아니라서 말이지."

그동안의 일들은 그저 자원봉사를 하는 셈치고 할 수도 있었다. 하지만 상대방이 청계라면 이건 자원봉사치고는 너무 일이 크다.

"제발 우리 언니 좀 도와줘. 내가 할 수 있는 건 뭐든 다 할게."

"야, 그런 소리 마라. 여자가 그런 소리를 섣불리 하면 안 되는 거야."

이 세상은 나쁜 사람보다 착한 사람이 많다고 한다. 하지만 실제로는 나쁜 사람이 더 많을 수밖에 없다. 왜냐하면 착한 사람은 입을 닥치고 있으니 말이다. 자신이니 그저 하지 말라고 하지만 더러운 변호사라면 진짜로 잔인한 요구를 할 수도 있다. 실제로 영계라면 눈을 까뒤집고 덤비는 미친놈도 많으니까.

"그럼 어떻게 해?"

"끄응, 진짜 억울하지만…… 공짜로 도와줘야지, 뭐."

자신이 이들을 도와주는 대가로 돈을 받으면 변호사법 위반이다. 그러니 돈을 받거나 현물을 받을 수는 없다. 결국 이번에도 공짜로 도와줘야 하는 것이다.

'더러워서라도 빨리 변호사 자격을 따야지.'

한숨을 풀풀 쉬는 노형진이었다.

⚖

"흠."

경찰서에서 진술하고 온 날, 노형진은 천천히 고소장을 읽어 보고 있었다. 청계에서 보낸 기록에 따르면 자신의 글을 무단으로 인터넷에 올린 것을 고소하는 것으로 되어 있었다.

"이걸 어떻게 뒤집는다……."

증거가 있는 것도 아니고 확실하게 언급된 것도 없다. 이런 싸움은 먼저 글을 공인받은 사람이 유리하기 마련이니 먼저 글을 출판한 예쁜이, 아니 정상하가 유리할 수밖에 없다.

"일단은…… 형사부터 해결하자."

급한 건 형사다. 당장 형사에 겁먹고 사인해 버리면 엄청 난 손해다.

'다른 작품도 아니고《비 오는 날의 무지개》, 아니 '비 오는 날의 우울'이니.'

800만 관객이 들어가면서 원작자는 수십억을 벌었다. 따 라서 역사적으로 그 돈은 도둑놈이 가지고 가 버린 셈이다.

'모른 척할 수도 없고 진짜.'

가난하다고 했을 때 예상은 했지만 한지혜의 가족은 지하 단칸방에서 어렵게 살고 있었다. 바깥에서 본 밝은 모습 때 문에 몰랐을 뿐. 더군다나 원래 3부작인 걸 감안하면 제대로 된 작품으로 쓰면 얼마나 큰돈을 벌지 모른다.

'하긴, 그러니 2부와 3부가 망했지.'

처음 시작만 있고 제대로 쓰질 않았으니 정상하가 직접 써 야 했던 건데 실력이 없다 보니 결국 기존에 있던 작품을 베 끼는 수준에 지나지 않게 된 것이다. 아니, 베끼는 것조차도 제대로 하지 못했다. 그러니 망할 수밖에.

"형진아, 여기."

"생큐."

노형진은 한지혜가 사 준 커피를 받으면서 인사를 건넸다. 극 구 사양했지만 미안해서라도 사 줘야 한다면서 가져온 것이다.

"그나저나 우리 때문에 공부 못 하는 거 아냐?"

노형진의 목표가 무엇인지 알고 있는 한지혜는 미안한 얼굴이 되었다.

"아니, 난 이편이 좋아."

어차피 모든 지식은 다 머릿속에 있다. 그저 학점이 필요해서 다니는 학원이니 안 가도 그만이다. 물론 안 가면 원칙상으로는 다른 학생들처럼 잘라 버리겠지만, 그쪽에서는 지난번 왕따 사건 이후부터 자신에게 잘해 준다. 그러니 사정을 말하고 양해만 구하면 자르지는 않을 것이다.

"일단은…… 현 상황에서는 마땅한 방법이 없네."

블로그의 글은 지워 버렸으니 언제 올렸는지 확인할 수는 없고 그렇다고 원본 파일의 제작 시점을 보여 주는 건 조작 가능성이 높아서 인정되지 않을 것이다.

"해당 사이트 회사에 연락해서 기록을 보여 달라고 하면 안 돼?"

"나도 그 생각은 해 봤어. 그런데 그건 무리야."

일단 인터넷에 글을 올린 시점을 해당 사이트에 문의해 보려고 했다. 하지만 그들의 입장은 기록에 없다는 것이었다. 글을 삭제한 상황에서 기존의 기록은 의미가 없기 때문에 일정 기간이 지나면 폐기한다는 것이다.

'그리고 딱 그 폐기 기간이 지나자 마치 알았다는 듯이 고소장을 넣었지.'

확실히 청계에서는 한지연을 노리고 있긴 한 모양이었다. 하긴, 지금 책을 판 돈만 해도 못해도 10억 가까이 된다는 말이 있으니 청계의 입장에서는 주요 고객일 것이다.

"그럼 어떻게 해?"

"참 고민이다. 블로그는 날아갔고."

"블로그는 안 날아갔는데?"

"뭐?"

"블로그는 안 없어졌어. 글만 삭제한 거야."

"글만 없어졌다고?"

"그래."

"오호?"

노형진은 타개책이 보이는 것 같았다.

⚖

"이래야 말이 되지."

노형진은 한지연의 블로그에 들어가 봤다. 모든 글은 삭제되어 있고 텅 비어 있지만 블로그 자체가 사라진 것은 아니었다.

"이게 왜?"

"아니, 방법이 보여서."

방문자 기록을 확인해 보니 하루에 많아야 스무 명 정도. 즉, 인기 있는 블로그가 아니었다. 하긴, 볼 거라고는 없는 재미없는 블로그이니 당연한 건지도 모른다.

"글은 매일같이 써서 올리신 거죠?"

"그래."

"오케이."

노형진은 그걸 바탕으로 방문자를 확인하기 시작했다.

원래 블로그는 누가 방문했는지 기록을 남긴다. 물론 그 기록을 확인하는 것은 어렵지 않다. 글 자체의 기록은 삭제되었을지 몰라도 블로그 자체는 살아 있기 때문에 블로그에 대한 기록은 존재하기 때문이다.

해당 블로그 사이트에 문의한 결과, 아니나 다를까, 방문자에 대한 기록이 남아 있었다. 그리고 그중에서 노형진은 특정 닉네임을 확인하는 데에 성공했다.

"깜찍이라."

"그 닉이 왜?"

"그냥 느낌이 와서요."

깜찍이라는 닉네임은 다른 닉네임들과 달랐다. 지속적으로 왔던 것이다. 물론 그녀의 작품을 지속적으로 봐 주던 극히 소수의 사람들도 있었다. 하지만 깜찍이는 다른 사람들과 다르게 연중했음에도 불구하고 최소한 일주일에 한 번씩 찾아왔다. 심지어 아예 연재 자체나 관리 자체를 안 할 때 일주일 내내 온 사람이 깜찍이 혼자인 경우도 있었다.

"아무 관리도 안 하고 아무런 이야기도 없는 블로그를 정기적으로 온다는 게 이상하지 않아요?"

"그, 그런가?"

"네, 상당히 이상한 일이죠. 마치 뭔가를 기다리듯이 정기적으로 왔잖아요."

"기다리다니? 관리도 안 하는 블로그에 기다릴 게 뭐가 있다고."

"딱 하나 있죠. 누나 작품."

그 말에 한지연은 고개를 끄덕거렸다.

지난번에 말했다시피 예쁜이는 분명 그녀의 작품을 노리고 있다. 그렇다면 정기적으로 그녀의 블로그에 와서 글이 올라왔는지 확인했을 것이다.

"그럼 설마……."

"네, 깜찍이가 예쁜이일 가능성이 높죠. 아무도 안 오는 블로그에 최소 일주일에 한 번, 보통은 이삼일에 한 번 온다는 건 말도 안 되니까요."

"그런데 어떻게 그걸 확인해?"

"다 방법이 있습니다."

이걸 법원에 확인 요청한다 해도 법원에서 해 줄 리가 없다. 일단은 이쪽이 가해자로 지목되어 있으니 말이다. 설사 해 준다고 해도 상당한 시간이 걸릴 것이다.

"이럴 때 쓰라고 구글링이 있는 겁니다."

"구글링?"

"그런 게 있어요."

노형진은 방문자의 이름 중 깜찍이의 닉네임을 클릭한 다음

'쪽지 보내기' 버튼을 누른 뒤, 그 옆에 나타난 '메일로 전환' 버튼을 눌렀다. 그러자 화면이 '메일 보내기' 화면으로 바뀌면서 지금까지 볼 수 없었던 깜찍이의 메일 주소가 나타났다.

"이런 식이죠. 인터넷에서 돌아다니다 보면 빵 부스러기를 흘릴 수밖에 없으니까."

"이런 기능이 있었어?"

"그럼요. 세상은 넓습니다."

변호사들은 이런 기능을 잘 모른다. 자신이 직접 하지 않으니 말이다. 하지만 노형진은 직접 하는 것도 있지만, 이런 저런 기술을 배우는 데 거부감이 없었다. 애초에 다른 변호사들처럼 '나는 변호사입네.' 하고 거들먹거리면서 다니는 것도 좋아하지 않았고 말이다. 그 덕분에 흥신소 사람들에게 이런 잡기 같은 것을 배운 것이다.

"이 메일 주소를 구글을 통해서 검색하면……."

화면 가득히 나타나는 정보들의 대부분은 쓸데없는 말들이었다. 하지만 얼마 지나자 않아서 노형진은 한 개의 글을 찾을 수 있었다.

거래 원합니다. 메일이나 전화번호로 연락 주세요. 메일은……

중고 물품을 사기 위해서 남긴 기록이었다. 그 기록을 열자 그 안에는 전화번호 하나가 나타났다.

"후후후, 찾았다."

고소장에는 전화번호가 없었다. 오로지 변호사의 전화번호만 적혀 있었다. 하지만 드디어 전화번호를 찾아낸 것이다.

"누나, 전화기 좀 줘 봐요."

"전화해 보려고?"

"네. 전화해서 누군지 알아내야지요. 아, 녹음 버튼 누르시구요."

"하지만 합의는 안 해 준다고……."

"합의할 필요 없어요. 제가 알아서 할게요. 그냥 전화해서 누군지만 확인하면 돼요."

"그러면 된다고?"

"저만 믿으시라니까요."

노형진의 말에 그 번호로 전화를 거는 한지연. 몇 번이 울리던 전화기는 딸깍하는 소리와 함께 연결되었다.

"네, 정상하입니다."

'나이스!'

노형진은 속으로 환호를 내질렀다. 내심 전화번호가 바뀌었으면 어쩌나 했는데 바뀌지 않은 모양이었다.

"여보세요."

"여보세요. 말씀하세요."

"정상하 씨인가요?"

"네."

"저기……."

한지연이 뭔가를 말하려고 할 때 노형진은 전화기를 그녀의 손에서 받아서 재빨리 꺼 버렸다.

"왜 그래? 사과라도 해야지."

"누나, 이 점은 명확하게 해야 하는데, 지금 도둑질당한 건 누나예요, 저 녀석이 아니라."

"그거야……."

"여기서 사과하고 고소를 취소해 달라고 하면 자기가 표절했다는 인정밖에 안 된다구요."

"하지만……."

여전히 경찰이라는 말에 겁먹고 있는 한지연이었다. 물론 노형진은 경찰 따위에 겁먹지 않았다.

"걱정하지 마세요. 경찰은 절대 누나한테 손대지 못합니다."

노형진은 자신 있게 말했다.

⚖

"그러니까 왜 남의 글을 올린 겁니까?"

깐죽거리는 경찰관의 앞에 앉아 있는 한지연. 그리고 그녀의 옆에는 노형진이 서 있었다.

"자, 자, 빨리합시다. 이름."

불안한 눈빛으로 노형진을 바라보는 그녀였다. 노형진은

그런 한지연을 바라보면서 미소로 진정시키더니만 경찰을 노려봤다.

"그래서 수사하시려구요?"

"그래, 꼬맹아, 근데 넌 누구니? 동생이야? 동생이라도 당사자 사건에는 못 끼어들어."

"일단 아는 동생인데요."

"어찌 되었든 못 끼어든다. 나가서 놀아라."

무심하게 바라보는 수사관. 노형진은 그의 앞으로 종이 봉투 하나를 건넸다.

"뭐냐? 설마 돈 봉투는 아닐 테고."

"증거입니다."

"증거?"

"네."

증거라는 말에 그 봉투를 열어 보는 수사관. 그걸 열자 거기에는 컴퓨터 화면이 인쇄된 종이가 나왔다. 수십 장의 종이에는 특정한 무언가에 대한 표시가 명확하게 되어 있었다.

"뭐냐, 이거?"

"보다시피 누나의 블로그를 지속적으로 관찰하던 깜찍이라는 네티즌에 대한 기록입니다. 제가 구글링으로 찾았지요."

"구글링?"

"네, 구글이라는 검색엔진을 이용하여 정보를 검색하는 걸 뜻합니다."

"그래서?"

"그런데 말입니다, 참 재미있더군요. 깜찍이라는 닉을 가진 사람이 누나의 블로그에 오기 시작한 것은 2년 전. 그러니까 정식으로 책이 나오기 직전입니다."

"그래서?"

"증제 1-7에 보면 그 깜찍이라는 사람의 이메일 주소가 나타나죠?"

"그거야…… 그러네."

불안한 눈빛이 되는 형사였다. 그도 그럴 것이, 최대한 강하게 처벌해 달라고 따로 부탁까지 받았는데 갑자기 증제 운운하는 녀석이 나타난 것이다. 증제란 증거 제시 번호의 약자로, 쉽게 말해서 경찰에 제출하는 증거에 붙는 번호다. 그리고 일반인은 그런 걸 잘 모른다.

"그리고 1-15에 보면 그 메일 주소로 구글링을 하니 나오는 전화번호가 하나 있습니다."

"그러네."

"그리고 그 전화번호로 통화한 내역입니다. 서면 제출한 것 말고 오디오 파일도 있죠. 들어 보실래요?"

핸드폰으로 오디오 파일을 작동시키자 그 안에서 흘러나오는 목소리.

"네, 정상하입니다."

그리고 그 목소리를 들은 경찰은 곤혹스러운 얼굴이 되었다. 노형진이 노리는 것이 뭔지 알아챈 것이다.

"즉, 이 기록에 따르면 고소인인 정상하는 2년 전부터 최근에는 세 달 전까지 지속적으로 수백 차례에 걸쳐 해당 블로그를 방문하였습니다. 즉, 해당 글이 연재되고 있다는 사실을 최소한 2년 전에 알았다는 거죠."

"크흠, 그래서?"

애써 모른 척하는 경찰이었다. 속으로는 그냥 넘어가라 말하고 있었지만 노형진이 그냥 넘어갈 리가 없었다.

"친고죄 관련 규정에 따르면 범죄 사실을 안 날로부터 6개월이 지나면 고소할 수 없습니다. 그런데 정상하는 2년 전부터 해당 블로그에 작품이 연재 중인 걸 발견하고 수백 회에 걸쳐서 방문했으니, 다시 말해서 6개월은 벌써 오래전에 끝났다는 거죠."

"크흠."

"그런 경우, 공소권이 없으니 사건이 종결되어야 한다고 생각합니다."

말이 '생각합니다.'지, 이건 뭐 빼도 박도 못할 상황이었다.

"알았다. 너의 의견은 잘 들었고."

"제 의견이 아니라 현행법인데요? 설마 경찰씩이나 하는 분께서 현행법을 모르시지는 않겠지요?"

"크흠, 이건 일단 받아 두마."

슬쩍 종이를 받아서 구석에 놓는 경찰. 노형진은 그걸 보고 씩 웃었다. 그가 노리는 걸 모르는 바가 아니었다.

"아, 참고로 말하는데 그거 경찰 접수실에서 따로 접수하고 접수 번호까지 받아 놨습니다. 실수로 잃어버리는 일이 없었으면 좋겠네요."

그 말에 경찰의 얼굴이 사정없이 일그러졌다. 사실은 슬쩍 받아 두고 잃어버렸다고 하고 넘기지 않으려고 했던 것이다. 그러나 경찰서 민원실을 통하여 정식으로 접수하고 접수 번호까지 받아 두면 빼도 박도 못한다.

'네놈들이 하는 짓거리야 뻔하지, 뭐.'

경찰이라는 작자들은 법을 지키는 것이 아니다. 그저 직업으로 삼고 있을 뿐인 사람들이 대부분이며 돈을 주는 사람들을 따라가는 게 대부분이다.

"알았다. 일단 조서는……."

"아니, 애초에 공소권이 없는데 무슨 조서예요? 안 그래요?"

"……."

"누나, 가죠."

"어? 가면 되는 거야?"

노형진의 말에 순간 당황하는 한지연이었다. 잔뜩 겁먹고 왔는데 조사는커녕 이름도 말하지 않고 그냥 끝났다.

"공소권이 없으면 고소할 권리가 없고 고소할 권리가 없으면 고소 자체가 무효이며 고소 자체가 무효인데 누나를 조사할 이유가 없죠. 안 그래요, 형사님?"

형사를 보면서 싱긋 웃자 형사는 어쩔 수 없이 두 손을 들 수밖에 없었다. 저 어려 보이는 녀석이 생각보다 법에 대해서 잘 안다는 사실을 인정할 수밖에 없었던 것이다.

"가도 된다."

"진짜요?"

"그래."

"들으셨죠, 누나? 이제 집에 갈 시간입니다."

"공소권 없음?"

"네, 변호사님."

법무법인 청계의 대표 변호사인 이명한은 보고서를 받으면서 얼굴을 찌푸렸다.

"그게 말이나 돼? 어째서?"

"그게…… 위임인이 지속적으로 그 블로그를 감시하던 게 발각되었답니다."

"멍청하긴!"

이명한은 얼굴을 찌푸렸다. 그 멍청해 보이던 놈이 큰 실수를 저지른 것이다.

"어쩌다가 걸린 거야?"

"모르겠습니다. 하지만 경찰의 말로는 증거를 제출해서

공소권 없음으로 처리할 수밖에 없다고…….”

“슬쩍 누락시키면 되잖아?”

“그게, 아예 접수 번호까지 받아 갔답니다. 누락시킬 수도 없다고…….”

“접수 번호까지?”

이명한은 고개를 갸웃했다. 그렇게 이중으로 접수하면 아무리 경찰이 누락시키려고 해도 할 수가 없다. 더군다나 접수 번호가 있기 때문에 제출했다는 기록이 남아 있어서, 잃어버렸다고 해도 다시 한 번 내면 그만인 것이다.

“어떻게 그런 걸 알았지?”

“법률적 조언자가 붙은 것 같습니다.”

“조언자? 어떤 멍청한 변호사야?”

“변호사가 아니라 중 3 정도 되어 보이는 아이라고…….”

“아이? 장난해?”

“말은 그 녀석이 했답니다. 하지만 나이나 그런 걸 봐서는 조언을 직접 한 녀석은 아닌 듯하고, 다른 누군가가 나서지 않으면서 돕는 모양입니다.”

“그렇단 말이지?”

하긴, 자신들은 법무법인 청계다. 어떤 멍청이인지 몰라도 어느 정도 학식이 있는 놈이라면 자신들과 척을 지고 싶어 하진 않으리라.

“일단 형사처벌로 저작권을 포기하게 하는 건 무리겠군.”

"네, 변호사님."

"멍청한 놈 같으니라고."

처음에 이 사건을 받았을 때 귀찮아서 안 하려고 했다. 그런데 책을 팔아서 무려 10억을 받았단다. 심지어 영화까지 제작된단다. 얼마나 벌게 될지 알 수가 없는 것이다.

'그놈이나 그년이나.'

처음에 좋아하던 도둑놈의 엄마는 일이 너무 커지자 겁먹고 자백한 아들에게 입 닥치고 있으라고 했다. 10억이라는 돈과 더 들어올 수십억의 돈이 아까웠기 때문이다. 그러고는 자신들에게 그 저작권을 빼앗아 달라고 했다. 조건은 3억.

"잘되어 가나 싶더니만."

하는 일에 비해서 제법 짭짤한 수입이 생길 것 같아서 받아들였는데 멍청한 새끼가 자기 꼬리를 길게 남기는 바람에 1차 작전이 실패한 것이다.

"하는 수 없지. 2차 작전으로 들어간다."

"하실 생각입니까? 그다지 큰돈도 아닌데요."

"이거야 큰돈이 아니지. 하지만 이 약점을 쥐고 있는 동안에는 저 멍청한 모자는 우리한테 모든 사건을 맡길 수밖에 없다고. 미래를 봐야지."

"아!"

"일단 2차 작전 준비해."

"알겠습니다."

진정한 주인

"고마워!"

"어, 누나, 뽀뽀는 자제염."

"연상이라서 그래? 그럼 지혜한테 해 주라고 할까?"

"언니!"

일단 형사사건은 그렇게 끝났다. 6개월도 아니고 2년이 넘도록 공개되어 있었던 사실을 알고 있었으니 처벌할 근거가 없었던 것이다.

"그건 나중에요. 일단 1차 공격만 막은 거니까 2차도 막아야지요."

"야!"

"왜? 가불이라도 해 주려고?"

"너 진짜!"

얼굴이 붉은색으로 달아오르는 한지혜. 노형진은 피식 웃고는 바로 입을 열었다.

"아직 싸움은 끝난 게 아니에요. 저쪽에서는 민사로라도 빼앗으려고 할 거예요."

그 말에 얼굴이 어두워지는 자매.

"왜 이렇게 우리를 괴롭히는 거야?"

"10억."

"뭐가?"

"정상하가 그 책을 팔아서 번 돈입니다."

그 말에 입을 쩍 벌리는 두 자매.

"만일 저작권을 안 빼앗아 오면 그것도 토해 내야 하고 막대한 손해배상도 해야 하죠. 저쪽에서는 차라리 누나가 죽길 바랄걸요?"

"……."

"농담이 아닙니다."

"그럼 어쩌지? 저쪽에서 먼저 공격해 온다고 마냥 당해야 하는 거야?"

"아니요, 이번에는 이쪽에서 선공할 겁니다."

"선공?"

"네, 저쪽에서 공격해 오는 걸 기다려 봐야 결국은 방어하고 그 후에 다시 반격하게 되는데, 솔직히 시간도 오래 걸리고 피해가 막심하거든요."

"어떤 면에서?"

"그런 게 있어요."

시간이 걸릴수록 저쪽에서 돈을 빼돌릴 가능성이 높아진다. 그리고 소설의 특성상 판매량은 점점 늘어날 것이다.

'영화도 문제지.'

만일 영화가 계속 진행되면 그걸 판매하고 나서 저작권료를 그쪽에서 받아서 튀어 버릴 가능성이 높다. 나중에 이긴다고 한들 그들이 돈을 감추면 그만이다.

하지만 지금 선공에 나서면 모든 것이 중지된다. 책 판매도 그렇고 영화 제작도 그렇고. 그렇게 되면 나중에는 저쪽에서 이쪽과 재협상할 수밖에 없게 된다. 그것도 엄청 유리한 조건으로 말이다.

'아, 영화만 해도 수십억 수익이 날 텐데. 돌겠네.'

변호사 자격증만 있었어도 수억대 수임료 사건이다. 그런데 이걸 공짜로 해 줘야 하다니.

'이건 진짜 뽀뽀가 아니라 딥 키스, 아니 순결이라도……. 아니, 그건 여러모로 철컹철컹인가? 젠장, 빨리 어른이 되고 싶다.'

어찌 되었든 시작된 일이니 피할 수는 없다.

"최선의 방어는 공격이라는 말이 있죠."

"그래서? 어떻게 하려고?"

"어쩌기는요, 공격하려는 거죠. 누나의 자식 같은 작품을 찾아올 때가 된 겁니다."

⚖

노형진이 한 것은 일단 세 가지였다. 《비 오는 날의 무지
개》에 대한 저작권 위반 고소와 〈비 오는 날의 무지개〉 영화
제작 금지 가처분 신청 그리고 출판사에 대한 판매 금지 가
처분 신청이었다.

"쾅!"

이명한은 생각지도 못한 역습에 기가 막혔다.

"역습했다고?"

"네."

자신들은 막대한 배상금을 요구해서 돈으로 겁을 주고 찍
어 누르려고 했다. 그런데 저쪽에서 먼저 선공한 것이다. 그
바람에 자신들이 싸움을 하는 데에 있어서 불리해져 버렸다.

"상대방 변호사가 누군지 알아냈나?"

"못 찾았습니다."

"젠장."

상대방은 법률과 이미지에 대해서 잘 아는 놈이다. 이런 소
송은 법률적으로도 문제지만 이미지적으로도 문제다. 가령 이
런 사건은 먼저 고소한 사람이 더 억울해 보이기 마련이기 때
문이다. 그래서 서둘러서 민사를 준비한 것인데 저쪽에서 먼저

고소한 것이다. 이런 경우, 저쪽이 언론에는 더 억울해 보인다.

"기다릴 줄 알았는데."

기각 결정이 나자마자 고소했다는 것은 저쪽도 준비하고 있었다는 뜻이다.

"이런 식으로 체계적으로 반격할 만한 놈은 드문데."

공부만 하고 시험만 봐서 사법연수원을 거치고 변호사가 되는 과정에 있다 보니 언론 플레이나 사회적 이슈에 관한 반응은 잘 모르거나 늦기 마련이다. 그래서 제대로 그런 걸 하기 위해서는 변호사로 최소 5년은 굴러먹어야 한다. 그것도 그저 그런 사건이 아니라 언론에서 다룰 만한 굵직굵직한 사건 위주로 말이다. 하지만 그런 변호사는 극히 드물다.

"도대체 누구야?"

그런데 상대방은 그것에 대해서 너무 잘 알고 있었다.

"일단은 방어부터 하고 봐야겠군. 망할."

생각지도 못한 공격에 그는 왠지 속이 쓰렸다.

⚖

"일단 고소장은 넣었으니 언론에서 흐름을 타기 시작했어요."

한창 인기를 끌고 있는 데다 영화도 제작되고 있다. 배우들도 당대 톱스타들이 나오기로 되어 있다. 그런데 그런 작품이 저작권 소송에 휘말리자 출판사며 영화사는 발칵 뒤집혔고 그들은 하나같이 이쪽만 바라봐야 했다.

"이거 어색해."

한지연은 노형진이 구해다 준 옷을 보고 눈을 찌푸렸다. 멀쩡해 보이는데 왠지 허름한, 빈티지라고 하기는 멀쩡한데 거지 옷이라고 해도 어울릴 것 같은 그런 옷이었기 때문이다. 그렇다고 고의로 찢어서 입는 것도 아니고 말이다.

"지금부터는 심리전입니다."

"심리전?"

"네, 저쪽에서는 분명 어떻게 해서든 소송을 일찍 끝내려고 할 거예요. 그러니 그에 맞게 최대한 이쪽에서도 흐름을 만들어서 가야 해요."

"왜?"

"이런 건 소비성 콘텐츠입니다. 이 시기를 놓치면 막대한 피해가 오죠. 그러니 저쪽에서는 소송을 최대한 빨리 끝내려고 할 테고 아마 그걸 위해서 막대한 로비도 할 겁니다. 즉, 주요 로비 대상이 정부가 된다는 거죠. 하지만 이쪽은 로비할 돈이 없으니까 언론을 유리하게 끌어야죠."

"그래서 이런 옷을 입은 거야?"

"정치인들이 왜 법원에 갈 때 휠체어를 타고 가는지 아세요?"

"왜?"

"불쌍해 보이려구요."

동정표라는 게 있다. '나는 불쌍합니다.'라고 최대한 언론 플레이를 하기 위해서 그러는 것이다. 그래서 정치인이나 경제사범들이 수사만 시작되면 죄다 병원에 입원하거나 휠체어를 타는 것이다. '나는 불쌍합니다.'라고 주장할 수 있을 뿐만 아니라 아프다는 핑계로 기자들을 피할 수 있기 때문이다.

"일단 대본은 여기 있고요."

"대본?"

"법률적 싸움은 혀로 하는 전쟁이에요. 원래 변호사들이 다 대본을 써 줍니다."

"우와, 대단해."

'대단하죠. 이건 최소한 수억짜리 사건에 쓰이는 방식인데.'

그 수억이 사건 총액이 아니라 단순히 변호사에게 주어지는 보상일 때라는 게 문제다. 즉, 사건 총액으로 봐서는 최소한 수십억짜리, 아니면 아주 높으신 분이 감방에 가느냐 마느냐에 관련된 것이다.

"네가 하면 안 돼?"

"전에도 말했지만 난 변호사가 아니라서 도와줄 순 있어도 나서는 건 불법이야. 심지어 밥 한 끼 얻어먹는 것도 위험하다고."

"설마……."

"설마가 아니라니까."

다시 한 번 속으로 '더러워서라도 빨리 변호사가 되어야지.'라고 다짐하면서 노형진은 대사를 다시 한 번 확인해 줬다.

"누나는 작가의 꿈을 키우면서 가난한 집을 위해서 알바를 하는 거예요.”

“어…… 우리 집이 가난하긴 하지만 내가 알바해야 먹고살
수 있을 정도는 아닌데……. 꿈은 작가가 아니라 간호사야.”

“아, 그런 건 사람들이 궁금해하지 않는다구요. 그들이 궁
금한 건 누나가 얼마나 안타까운 상황에서 개고생해서 작품
을 만들었냐는 거죠.”

“딱히 개고생은…….”

“그런 말은 하면 안 됩니다. 일단 제 말대로 하세요.”

제대로 언론 플레이를 하기 위해서는 사람들의 심금을 울
려야 한다.

“이거 참, 형진아.”

“네?”

“이걸 보니까 넌 작가를 해도 성공할 것 같다.”

대본을 읽던 한지연의 말이었다.

“그럴지도 모르죠.”

노형진은 피식 웃었다. 솔직히 회귀 전에 어렸을 적의 꿈
이 작가였다.

‘그런데 굶어 죽는 사건을 보고 포기했…….’

생각하던 노형진은 아차 싶었다. 자신이 작가를 그만두게
된 가장 큰 이유. 어떤 작가가 굶어 죽는 사태가 일어났던 것
이다. 그리고 그게 작가의 대우에 대한 열악한 현실을 알려
줬다. 물론 언제나처럼 세상은 바뀌는 게 없었다.

이것이 법이다

'그러고 보니 이때쯤 아냐?'

생각해 보니 이때쯤이다. 완전히 잊어버리고 있었던 것이다.

'끙, 모른 척할 수도 없고……. 끝나는 대로 찾아봐야겠다.'

아무리 모르는 사람이라지만 사람이 굶어 죽었는데 그냥 두고 볼 수는 없는 노릇이다.

"자, 자, 빨리 나가세요."

노형진은 자매를 앞으로 내몰았다.

그렇게 드디어 본격적인 싸움이 시작되었다.

⚖

인터뷰가 나가고 난 후 사람들의 의견은 분분했다. 자매가 불쌍하다는 사람도 있는 반면, 증거도 없다고 주장하는 사람도 있었다. 그리고 그걸 보는 출판사와 영화사는 점점 몸이 달았다. 그럴 수밖에 없는 게, 이 소송전이 도리어 홍보가 되어서 책을 찾는 사람이 늘어났던 것이다. 문제는 그 책을 팔 수 없다는 것이었다. 그러나 아직까지 그들은 한지연에게 연락하진 않았다. 여전히 정상하가 진짜 작가라고 믿고 있기 때문이다.

"흠, 역시 그러네."

저쪽에서 내놓은 증거들을 보면서 노형진은 고개를 끄덕거렸다. 출판계약서를 비롯한 여러 가지 유형의 증거들이었다. 그에 반해서 이쪽에서 내놓을 수 있는 것은 원본 파일뿐.

확실히 불리한 싸움이었다.

"그나저나 이를 어쩐다?"

사실 그건 어떻게 해서든 벗어날 수 있을 것 같다. 문제는 자신이었다.

"내가 나갈 수가 없잖아?"

세 치의 혀가 칼보다 강하다. 하지만 그 세 치의 혀를 쓸 수 있는 공간이어야 한다. 당장 자신은 변호사가 아니므로 법원에 나갈 수가 없다.

"그럼 우리가 나가서 말해야 해?"

"그렇지요."

지난번에 나간 건 자신이 당사자니까 가능했던 거지, 당사자도 아니고 변호사도 아니라면 법원에서 말을 할 수가 없다.

"어쩐다."

모든 준비를 끝냈지만 정작 그걸 실행할 사람이 없는 것이다.

"지연이 누나한테 말해 봐? 아니야, 무리인 것 같은데."

지난 인터뷰에서도 봤지만 한지연은 얼굴에 철판을 깔 정도로 뻔뻔하지 않다. 도리어 눈물을 적절하게 흘리던 한지혜가 더 어울릴 것 같았다. 문제는 한지혜는 당사자가 아니라는 것이다.

"변호사를 구해야 하는데……."

문제는 아무리 자신이 준비를 다 했다 하더라도 변호사를 고용하는 데에는 막대한 돈이 든다는 것이다. 아니, 애초에 변호사들 대부분은 자신이 준비를 다 했으니 얼굴마담이나 해 달라고 하면 엄청나게 화낼 것이 뻔했다.

"망할, 돌겠네."

이번엔 진짜 어설프게라도 한지연을 내보내야 하나 하는 상황이었다. 그런데 생각지도 못한 동아줄이 하늘에서 내려왔다.

"여, 우리 작은 변호사."

"송 변호사님?"

전화기 너머에서 들리는 목소리는 다름 아닌 송정한 변호사였다. 법무법인 새론의 변호사 중 하나로, 지난번에 영민이 사건 때 친자 확인 소송을 도와줬던 사람이었다.

"어쩐 일이세요? 요즘 어떻게 지내시구요?"

"요즘? 아주 일복이 터졌지, 일복이 터졌어. 하하하."

마지막에 웃는 걸 보니 안 봐도 뻔하다. 유민택이 손자를 찾아 준 그들에게 보답을 안 할 리가 없고 솔직히 대룡그룹쯤 되는 기업이면 한 해에만 소송이 수백 건이 넘어가니 그중 역량이 될 만한 사건을 몰아 줬을 것이다.

"그나저나 이번에 또 한 건 했다며?"

"한 건 하다니요?"

"이봐, 작은 변호사 양반, 누가 널 주시하고 있는지 잊어버린 거 아냐?"

"끙."

그랬다. 유민택이 자신을 주시하고 있다는 것쯤은 예상하고 있었다. 전문적 지식으로 손자를 찾아 주고, 막내아들의 범죄 사실을 드러내서 후계자 사망 사건의 진실을 알려 주었으며, 심지어 중 2에 수능 전국 1등이라는 실력을 보였으니 관심이 안 가는 게 이상한 것이리라.

"안 그래도 네가 대학에 안 간다고 해서 섭섭해하시더라."

"섭섭해할 정도야. 서로 얼굴도 모르는 사이인데요, 뭐."

"하하하, 그렇긴 하지. 아직은 직접 만날 때는 아니라고 하시는데 하여간 그건 그거고, 네가 저지른 일이 있다면서?"

"끙, 뭐, 부정은 안 합니다."

"도와줄까?"

"네?"

"대충 보니까 뭐가 문제인지 알 것 같던데?"

"아신다면 뭐, 거절은 안 하겠습니다. 왜요? 압력이라도 넣어 주시려구요?"

그래 주면 생큐다. 물론 그건 명백하게 불법이다. 하지만 변호사의 최대 목표는 승리. 압력을 행사해서 이길 수 있다면 이기는 게 최선이다.

"뭐, 아예 뒤집지는 못하고 실드 정도는 쳐 줄 수 있지. 저쪽에서 얼마나 뿌리고 다니는지 모르지?"

"예상은 하고 있습니다."

"실드 쳐 줄게."

"감사합니다."

대룡에서 실드를 쳐 준다면 고작 몇천 받고 장난치는 판사는 없을 것이다. 대룡급이면 지방 판사가 아무리 날고뛰어도 한 방에 보내는 건 일도 아니니.

"다른 건?"

"아, 혹시 남는 변호사 있어요?"

"남는 변호사? 무슨 변호사가 재고냐?"

"재고라고 해도요."

"왜? 법률 자문이 필요해?"

"그게 아니라."

노형진은 자기 사정을 얘기했다. 그리고 그 말을 들은 송정한은 잠시 생각하다가 입을 열었다.

"이번에 들어온 새끼 변호사 한 명 있어."

"새끼 변호사요?"

새끼 변호사란 이제 막 변호사 자격을 따고 새로 시작하는 사람을 뜻한다. 실력이 검증된 것도 아니고 또 실무를 아는 것도 아니라서 상당 기간 로펌에서 이런저런 소소한 사건을 담당하면서 일을 배우는 게 보통이다.

"너도 알지, 새끼 변호사가 어떤지?"

"알다뿐이겠습니까?"

"허허, 얌마, 넌 변호사도 아닌데 어떻게 알아?"

"척 하면 척 아닙니까?"

"하여간 괴상한 녀석이라니까. 하여간 그 애가 좀 어리벙벙하기는 하지만 머리는 좋더라. 다만 실전 경험이 부족해."

"그렇겠지요."

새끼 변호사들이 담당하는 사건은 대부분 수백만 원짜리이다. 그러다 보니 제대로 된 재판이라기보다는 그냥 속전속결로 이루어지는 소액 재판이라서 경험을 쌓기에는 부족한 부분이 있다. 더군다나 사법연수원과 실전은 전혀 다르기 때문에 뻔한 실수를 하기도 한다. 일단 큰 건을 하려면 큰 건에 대한 실전을 겪어야 하는데 큰 건은 지면 타격이 크기 때문에 쉬운 일도 아니다.

"이야기를 들으니 괜찮을 것 같은데, 네가 한번 끼워 줘 봐."

"그래도 됩니까?"

"좋은 게 좋은 거잖아? 안 그래, 작은 변호사 양반?"

'하긴.'

이건 상당히 큰 건이다. 단순히 출판으로 인한 수익만 해도 10억이 넘고 영화 판권까지 생각하면 더 커질 수밖에 없다.

'나도 누군가 필요하니.'

노형진은 입을 열었다.

"그럼 보내 주세요."

"잘 알려 줘 봐."

법률적인 과정은 어찌 보면 현직 변호사가 더 나을지도 모른다. 하지만 재판이라는 건 온갖 권모술수가 난무하는 곳. 그곳에 대해서 잘 아는 사람이 유리할 수밖에 없다. 그리고 새론에서 봤을 때 노형진은 방법은 모르지만 그걸 잘 알고 있는 것 같았다. 그래서 그렇게 결정한 것이다. 사실 새끼 변호사라고 하지만 실력이 있다. 그러니 아직 부족한 실전을 겪게 하기 위해 보내는 것이었다.

"잘해 보라고."

"네, 알겠습니다, 송 변호사님."

⚖

"안녕하세요. 민시아라고 합니다."

잔뜩 얼어붙어 있는 변호사를 보면서 노형진은 뭐라고 해야 하나 참 갑갑했다.

"저기, 변호사님들이 뭐라고 했습니까?"

"수십억짜리 사건이라고, 이거 날아가면 큰일이라고……."

민시아는 잔뜩 얼어 있었다. 그도 그럴 것이다. 다른 동기들은 여전히 수백만 원짜리 사건을 처리하고 있다. 그런데 자기만 불러서 남을 도와주란다. 문제는 그 사건이 수십억짜리 사건이며 날아가면 망한다고 잔뜩 겁을 준 것이다. 가장 큰 거래처인 대룡그룹에서도 관심을 가지고 있는 거라고 말이다. 게다가 단독 변호란다. 그래서 민시아는 그날 밤부터 잔뜩 겁을 먹고 있었다.

'아, 진짜, 장난 좀 적당히 치지.'

물론 수십억짜리 사건이고 대룡그룹에서 자신에게 관심을

가지고 있긴 하지만 그렇다고 이렇게 겁을 주다니.

"걱정하지 마세요. 그냥 제가 부탁드린 대로 하시면 됩니다."

"알겠습니다."

"저기, 말 놓으세요. 전 이제 고작 중 3입니다."

"으응……."

애써 그녀를 진정시킨 노형진은 바로 일 이야기를 시작했다. 저쪽에서 사건을 최대한 빨리 진행시키려고 로비한 덕분인지 재판이 바로 코앞으로 다가온 상황이었다.

"일단은 제가 준비했어요. 어떻게 해야 하냐면……."

⚖

"개정합니다."

드디어 첫 번째 재판이 시작되었다. 정상하 쪽은 화려한 변호사 집단인 법무법인 청계가 있는 데에 반해 한지연 쪽은 고작 민시아 변호사 한 명뿐이었다.

"훗."

"애송이로군."

청계 쪽에서는 잔뜩 얼어붙어 있는 그녀를 보고 코웃음을 쳤다. 자신들에게 제대로 엿을 먹이기에 똑똑한 놈인 줄 알았는데, 변호사라고 나온 것이 어쩔 줄 몰라 하는 애송이라니.

"저작권 반환 및 부당이득 반환 청구 소송을 지금부터 개

이것이 법이다

정합니다."

판사의 말이 끝나고 드디어 사건이 시작되었다.

"정상하 군은 전문 작가로서⋯⋯."

첫 번째 포문은 청계 쪽에서 시작되었다. 그들은 정상하가 전문 작가로서 오랫동안 글을 써 왔다고 주장했다. 물론 그런 말은 누구나 할 수 있는 것이었다. 결국 모든 판결은 증거에서 나올 것이다.

"첫 번째 증인을 신청합니다. 《비 오는 날의 무지개》를 출판한 출판사의 편집장입니다."

"인정합니다. 증인 나와서 선서하세요."

편집장은 쭈뼛거리면서 나와서 선서했다.

"증인, 증인은 인터넷에서 정상하 군의 작품을 발견했다고 했습니다. 맞습니까?"

"네, 맞습니다."

"그럼 그 작품을 본 소감은 어땠습니까?"

"처음에는 여자 작가가 쓴 것인 줄 알았습니다. 필력도 그렇고 감정 표현도 그렇고 무척 잘 썼더군요. 그런데 만났을 때는 남자더군요. 깜짝 놀랐습니다. 남자 작가가 이렇게 섬세하게 글을 쓸 거라 생각하지 못했습니다."

"그래서 계약을 하기로 했구요?"

"그렇습니다."

"정상하 군의 작품이 어떤 면에서 심금을 울리던가요?"

"정상하 군의 작품의 매력은 해당 나이 때의 감정을 그대로 전달하는 데에 있습니다. 이 작품의 주요 독자들은 여성인데 그들의 일반적인 평은 중학교 때 느꼈던 첫사랑의 감정을 서정적으로 느끼게 해 준다는 것입니다."

"정상하 군의 작품은 정말로 뛰어난가요?"

"그렇습니다. 정상하 군 정도 실력이 되는 작가를 구하는 건 어렵습니다."

집요하게 질문하는 청계의 변호사. 노형진은 그걸 보고 얼굴을 찌푸렸다. 그걸 멍하니 '헤' 하고 바라보는 민시아 변호사 때문이었다.

'진짜 아무것도 모르네.'

지금 청계 쪽 변호사는 정상하 군의 작품이라는 말을 계속하고 있었다. 지속적으로 말을 반복함으로써 판사에게 일종의 선입견을 심어 주기 위해서다. 그런데 그것도 모르고 멍하니 바라보고만 있는 것이다.

'에잇!'

노형진은 작게 신호 버튼을 눌렀다. 그러고는 숨겨진 마이크로 작게 말을 꺼냈다.

'정상하 작품이라고 세뇌하잖아요. 막아요.'

깜짝 놀라서 일어나는 민시아 변호사.

"뭡니까, 민 변호사? 할 말 있나요?"

"크흠."

순간 놀라서 일어난 그녀지만 할 말은 확실히 있었다.

"재판장님, 지금 피고 측 변호인은 지속적으로 정상하의 작품이라고 언급하면서 일종의 선입견을 심어 주고 있습니다. 이 재판은 그 작품에 대한 권한을 확인하는 재판입니다. 특정 인물의 작품이라는 지칭은 해선 안 됩니다."

"인정합니다. 지금부터 해당 작품을 작품이라는 단어만 사용해서 표현하십시오."

그 말에 약간 짜증을 내는 듯한 청계 쪽 변호인.

"이만하겠습니다."

애초에 계약 당사자인 그를 부른 것은 이런 식으로 선입견을 심어 보려는 목적이었다. 그런데 그걸 막아 버리니 질문할 이유가 없었던 것이다.

"변호인, 질문하겠습니까?"

"네."

당당하게 말하는 민시아. 그리고 노형진은 마이크에 대고 작게 중얼거리기 시작했다. 그리고 그걸 들은 민시아는 그 질문을 증인에게 했다.

"증인이 그 작품을 발견했다는 사이트는 어떤 곳인가요?"

"일종의 소설 사이트입니다. 주로 로맨스 소설이 많이 올라오는 곳입니다."

"그럼 그곳에는 얼마나 많은 작품이 올라옵니까?"

"하루에 수십 편씩은 올라옵니다."

"그럼 그걸 다 보시나요?"

"그건…… 불가능하죠."

"그럼 그 작품을 볼 수 있었던 건 운이었나요?"

"운은 아닙니다. 추천받으면 상위 랭킹이 되거든요."

"그러니까 추천받아서 볼 수 있었다는 건데, 만일 이 작품이 해당 사이트가 아니라 개인 블로그나 아니면 증인이 사용하지 않는 사이트에 먼저 연재된 거라면 그 사실을 알 수 있나요?"

"솔직히 불가능합니다."

아무리 작품을 고르는 것이 자기 자신의 책임이라 할지라도 수백 편이나 되는 작품을 볼 수는 없다. 하물며 다른 곳이라면 더더욱 불가능했다.

"그럼 이게 다른 곳에 연재되었을 가능성은 있는 거네요?"

"그건…… 부정하지 못하겠네요."

법률 대립의 시작점은 합리적 의심이다. 합리적 의심이 시작되면 그것이 과연 가능한가를 확인해야 한다. 그리고 지금 그 부분을 확실히 성공적으로 파고들었다.

"그럼 그 작품을 계약하고 나서 다른 곳에 혹시 연재되고 있는지 확인하는 절차가 있었습니까?"

"없었습니다."

"그럼 개인적으로 블로그에 올렸다는 원고의 주장처럼 개인이 연재한 상황이라면 발견할 가능성은 0%에 가깝겠군요."

"그렇습니다."

"그럼 피고 측이 제출한 증거인 귀사와의 계약서는 귀사가 타 사이트에 연재되고 있을 수 있다는 걸 발견해 내지 못한 상황에서 계약된 거네요?"

"그렇지요. 다른 사이트에 타인이 연재했다는 걸 알면 계약할 리가……."

"재판장님, 보다시피 피고 측이 제출한 계약서는 피고가 기만행위를 통하여 계약한 경우, 증인 같은 출판사에서는 그 사실을 인지하지 못한 상태에서 계약할 수밖에 없는 것이므로 실질적으로 누군가의 저작권을 증명하기에는 부적당합니다. 이에 증거에서 제외하여 주시기 바랍니다."

그 말에 잠시 고민하던 판사는 고개를 끄덕거렸다. 애초에 이건 계약서 작성 이전에 발생한 저작권 위반 사항이므로 이후에 체결된 계약은 그다지 효력이 없었다.

"인정합니다. 피고가 제출한 출판계약서 사본은 증거에서 배제합니다."

그 말에 청계 쪽 변호사들은 멍한 표정이 되었다. 어리벙벙하다고 생각했는데 절묘하게 질문을 조합해서 자신들이 제출한 가장 강력한 증거 중 하나를 한 방에 훅 날려 버린 것이다.

"이상입니다."

민시아는 안으로 들어오면서 속으로 환호성을 질렀다. 선배들이 제대로 한 방 먹일 때마다 속이 시원하다고 표현하긴 했지만 한 번도 겪어 본 적이 없어 몰랐는데, 완전히 멍한 표정이 된 상대방을 보니 말 그대로 속이 뻥 뚫리는 기분이었다.

'나이스!'

그리고 그걸 본 노형진은 입가에 희미하게 미소를 떠올렸다. 지금 그녀가 물어본 것은 죄다 자신이 시킨 것이기 때문이다.

"더 부를 증인이 있습니까?"

"크흠, 최초로 연재했던 사이트의 관리부장을 증인으로 부르겠습니다."

"인정합니다."

당황한 변호사는 얼른 일어나서 말을 꺼냈다. 그리고 증인 석에 앉은 증인에게 질문을 하나씩 던지기 시작했다.

"귀 사이트는 어떤 사이트인가요?"

"우리 사이트는 소설을 주로 연재하는 사이트입니다. 기본적으로 무상이며, 소설가로 데뷔하는 사람들이 많이 옵니다."

"그럼 피고 정상하 군도 거기에서 데뷔한 거네요?"

"그렇습니다."

"많이 모이나요?"

"뭐, 소설가를 지망하는 사람들 중 상당수가 모인다고 생각합니다만."

"인기가 많은 사이트인가 보군요."

"그렇습니다."

"그럼 그곳에 연재했다는 건 기본적으로 자기 작품으로 정식 데뷔를 노린다고 생각할 수 있겠네요?"

그 말에 증인은 고개를 끄덕거렸다.

"맞습니다. 정식 데뷔를 노리는 거죠."

"그럼 정상하 군은 정식 데뷔를 노리고 썼다는 건데, 이런 걸 타인의 작품으로 쓰기는 어렵지 않습니까?"

"아무래도 정식 데뷔를 목표로 하는 건 타인의 작품을 가져다 쓰기는 어렵습니다. 그 후에 문제가 될 테니까요."

"그럼 연재 중에 타인의 작품이라고 신고가 들어오거나 항의가 들어온 적이 있습니까?"

"없습니다."

"대부분의 네티즌들은 소설을 찾아 들어오는 거죠?"

"네."

"그럼 수십만의 네티즌이 수많은 인터넷을 뒤졌는데 비슷한 작품을 발견하지 못했다는 거네요."

"그렇지요."

"이상입니다."

득의양양한 모습으로 들어가는 청계 측 변호인. 하지만 노형진은 얼굴만 약간 찌푸렸을 뿐이다. 위협이 되지는 않았던 것이다. 다시금 민시아가 앞으로 나가 증인을 바라보았다.

"증인, 제가 귀사에서 연재 중인 작품 하나를 읽어도 될까요?"

"네? 아, 네."

"흠. 그녀는 신음성을 흘렸다. 남자의 굵은 허리가 상하로 움직였다. 철퍽철퍽! 아아, 여자는 쾌락에 울부짖었다. 뭐,

더 이상 읽기가 참 민망하네요. 증인은 프로를 꿈꾸는 작가들이 모여든다고 했는데 이게 프로는커녕 남한테 읽힐 만한 수준입니까?"

"……그건 좀……."

"그럼 단순히 재미 삼아서 오는 사람도 많다는 거네요?"

"네."

"그럼 피고가 재미 삼아 온 건지, 아니면 프로를 노린 건지 확신하십니까?"

"모르겠습니다."

공격의 첫 번째 방식. 그건 아까 말한 증언을 번복시키는 것이다. 그렇게 되면 최소한 증인에 대한 믿음도 약해지고, 운이 좋다면 증언 자체가 인정되지 않기 때문이다.

"아까는 제법 확신하셨던 것 같은데요?"

"뭐, 그냥…… 아무래도 회사 일이다 보니까……."

"그럼 생각보다 프로를 꿈꾸는 사람이 적다는 것일 수도 있네요."

"네."

"그렇다면 딱히 프로를 꿈꾸지 않는다면 귀사의 사이트를 이용할 이유가 있습니까?"

"없습니다."

"그럼 원고는, 전에도 말했다시피 전문 작가를 희망하지는 않았습니다. 그럼 거기에 갈 이유도 없다는 거죠. 안 그렇습니까? 그렇다면 해당 사이트를 사용하는 유저들이라고 해도 모를 수도 있겠군요? 안 그런가요?"

"그렇습니다."

제대로 반박당하는 청계의 변호사들의 심기는 점점 불편해졌다. 하지만 틀린 질문이 아니었기 때문에 막을 수도 없었다. 법원이 달리 세 치 혀의 전쟁터라 불리는 게 아닌 것이다.

"제가 증인의 회사에 의문점이 있습니다만, 피고가 연재했던 작품을 보니 양이 어마어마하던데요."

"네."

"근데 그거 아십니까?"

"뭐 말입니까?"

"방금 읽어 드린 작품. 그거 피고의 것입니다."

완전히 뒤통수를 맞은 듯한 얼굴이 되는 변호사들. 설마 아직도 그 작품이 사이트에 있을 거라 생각하지 못한 것이다. 변호사들은 법적으로 어쩌고저쩌고하는 것만 알지, 실무나 사회에 대해서는 잘 모르는 경우가 많다. 특히 특정 집단의 문화에 대해서는 잘 모르는 경우가 많다. 자신들이 성공한 집단이라 생각하는 그들은 특정 집단들, 특히 오타쿠와 같은 집단들은 실패한 집단이라고 생각해서 알려고 하지도 않는다.

'내가 그거 찾느라고 고생 좀 했지.'

노형진은 그 작품을 찾아냈을 때 속으로 만세를 불렀다. 작품의 질을 판단하는 가장 확실한 증거, 그건 바로 다른 작품이기 때문이다. 이 멍청한 피고가 '설마.'라는 생각에 그걸 안 지우고 있었던 것이 천만다행이었다.

"피고는 작품도 많이 썼습니다. 연재하는 작품만 보더라도, 어디 보자…… 《흥건하게 젖는 밤》, 《그녀 아래 그놈》, 《쾌락의 몸부림》. 주로 야설 계열입니다. 하긴, 그 나이대의 남자아이들의 관심은 그쪽으로 가는 게 당연하겠지요. 근데 갑자기 서정적이고 문학적인 작품으로 돌변한다구요? 그게 가능한가요?"

"그게…… 뭐…… 실험적으로 해 보다가 그게 적성이 맞으면 폭발적으로 필력이 늘어나기도 합니다."

"적성에 맞으면 폭발적으로 필력이 늘어난다라……. 그럼 늘어난 필력이 줄어드는 경우는 있습니까?"

"거의 없다고 생각됩니다."

"그럼 이건 어떻습니까? 《쾌락의 몸부림》이라는 작품은 피고가 정식으로 출판하고 난 뒤에 연재를 시작한 작품입니다. 증인의 말대로라면 그 필력이 유지되어야 합니다만 읽어 보자면…… 그녀는 아래에서 몸부림쳤다. 남자는 소리 질렀다. 가만히 있어. 그럼 천국을 보게 될 거야. 남자는 거칠게 자신의 물건을 쑤셔 넣었다. 푹. 찍. 쑤욱. 뭐, 이쯤에서 그만하겠습니다. 이후에 쓴 작품임에도 불구하고 필력이 유지되기는커녕 극단적으로 퇴보했습니다. 아니, 제가 봤을 때는 다른 작품들하고 별반 다르지 않습니다. 단 하나, 《비 오는 날의 무지개》와는 극단적으로 다르지요. 어떻게 생각하십니까, 증인?"

"그, 그런 것 같네요."

"이상입니다. 피고의 다른 작품들은 새로운 증거로써 재판부에 제출하는 바입니다."

"인정합니다. 증거를 받아서 확인하세요."

한 방 먹은 얼굴이 된 변호사들.

'멍청한 놈들.'

노형진의 승률이 높은 것에는 바로 이런 이유가 있었다. 무시하고 넘길 수 있는 사소한 것들, 그걸 읽을 줄 알기 때문이다.

"다음, 할 말 있습니까?"

"그러니까······."

피고 측은 당황한 얼굴이었다. 하긴, 극단적으로 필력이 차이가 나는 다른 작품이 버젓하게 인터넷에 있을 거라고는 예상하지 못했을 것이다.

"없습니다."

"그럼 양측에서 추가로 제출한 증거들과 증언들을 확인하고 다음 재판에서 뵙겠습니다. 날짜는······."

그렇게 첫 번째 재판이 끝났고 노형진은 법정에서 나오는 민시아를 웃으면서 맞이해 줬다.

"어때요, 누나?"

"끝내줘."

"제대로 판단하고 약점을 잡으면 이렇게 되죠."

"그래, 이런 건 생각하지 못했네."

공부만 하면서 자랐고 어린 나이에 변호사 자격증을 땄다. 그렇기 때문에 이런 취미 생활이라는 것에 대해서는 전무한 그녀였다. 문제는 대부분의 변호사들이 그렇다는 것이다.

"재판은 단순히 재판정에서 이루어지는 게 아니에요. 재판정은 세 치 혀로 칼싸움하는 곳이죠. 칼을 가는 건 바깥에서 미리 해 놔야 해요."

"뭔 뜻인지 알 것 같아."

보통 재판을 하게 되면 법률적으로 관계된 것만 보게 된다. 그런데 이건 법률과는 전혀 관계없는 취미의 세계다. 하지만 가장 강력한 증거이기도 하다. 만일 노형진이 이런 사이트의 존재를 몰랐다면 찾아볼 생각도 못 했을 것이다.

"그나저나 두 번째 싸움은 어떻게 될까?"

"저쪽에서는 사력을 다해서 방어하겠죠. 이제는 이쪽으로 칼자루가 넘어왔으니까."

작가의 가장 강력한 무기는 필력이다. 그렇기 때문에 저쪽에서도 섣불리 반박하기는 힘들 것이다.

"하지만 그냥 물러나지는 않을 거예요."

"그래도 방법은 있지?"

"찾아봐야지요. 그나저나 누나, 절 다그치지 말고 직접 하셔야 하는 거 아니에요? 변호사는 누나라구요."

"헤헤헤."

민시아의 미소에 노형진은 피식 웃을 수밖에 없었다.

요즘은 하이테크 시대

"완전히 한 방 먹었군."

이명한은 보고서를 받고 기가 막혀서 말이 나오지 않았다. 쉽게 생각한 싸움이었는데 생각지도 못한 증거가 나와서 뭐라고 할 수가 없었던 것이다.

"그 멍청한 년은 뭐래?"

"자기 아들이 장난삼아 써서 그런 거지, 제대로 쓰면 제대로 나온답니다."

"웃기고 있네. 그 새끼는?"

"공부한다고 안 바꿔 주던데요?"

"미치겠구만."

원래 재판에서 이기기 위한 가장 중요한 전제는 피고가 자

신의 변호사를 믿어야 한다는 점이다. 그래야 제대로 방어할
수 있다. 하지만 어머니라는 작자는 끝까지 잡아떼고 싶은
모양이었다.

"장난해?"

"어쩌겠습니까?"

"끙, 필력이라니…… 생각지도 못한 문제군. 그래서 어쩌
기로 했나?"

"일단은…… 장난삼아 쓴 쪽으로 밀어붙여야지요."

"그래야지. 다른 증거는?"

"준비 중입니다."

"알았다. 그나저나 그 변호사 년은 뭐야?"

"민시아라고, 이번에 연수원을 나온 초짜입니다. 새론 법
무법인의 새끼 변호사랍니다."

"새끼 변호사? 뭔 놈의 새끼 변호사가 그렇게 날카로워?"

"그러게 말입니다. 말하는 게 버벅거리고 어설프긴 했지
만 질문 자체는 무척이나 날카로웠습니다."

"새론이라……. 조심해야 할 놈들일지도."

"안 그래도 대룡그룹의 후계자 건으로 전폭적인 지지를 받
고 있습니다."

"끙, 그때 우리가 물었어야 했는데."

그때 법무법인 청계도 지라시를 통해서 정보는 알고 있었
다. 하지만 아무것도 안 하면 망하기 직전인 새론과 다르게

섣불리 움직이면 타격이 컸던 청계인지라 어쩔 수 없이 포기했다. 사실 지라시에서 나온 이야기라 믿음이 가지도 않았고 말이다. 그런데 그게 진짜였다니.

"하는 수 없지. 다음 재판에서는 어떻게든 이겨."

"알겠습니다. 꼭 이기겠습니다."

하지만 부하의 말에도 불구하고 이명한은 왠지 더 불안해지는 느낌이었다.

⚖️

두 번째 재판 날. 지난번과 다르게 한지연 측에서 먼저 증인을 불렀다.

"서연대 국문학과 교수님인 곽찬성 교수님을 증인으로 요청합니다."

"인정합니다."

그 말에 청계 쪽도 예상했다는 분위기였다. 하긴, 문학작품을 두고 표절 싸움을 하면 기본적으로 나오는 것이 바로 대학교수이니 말이다. 물론 질문은 뻔하다. 문체의 적합성이니 유사성이니 그런 것들 말이다. 그리고 당연하게도 그런 것에 대한 파훼법도 다 알고 있었다. 그러나 공격은 예상외의 방식으로 이루어졌다.

"교수님은 카피킬러는 프로그램에 대해서 아십니까?"

"프로그램?"

"뭔 소리야?"

생각지도 못한 발언에 당황하는 청계 측 변호사들. 하지만 민시아는 신났다. 그리고 한편으로는 기대되었다. 지난번에는 자신이 방어하면서 적의 주장을 깨는 것이었는데 이번에는 자신이 공격하는 것이기 때문이다.

"압니다."

"설명해 주시겠습니까?"

"카피킬러란 표절 방지 프로그램입니다. 쉽게 말해서 글의 문체나 특징 등을 분석하여 표절인지 아닌지 확인하는 프로그램입니다."

"왜 이런 게 필요하지요?"

"사람은 감정이나 친분에 따라서 문체를 다르게 느끼기 때문입니다. 하지만 카피킬러는 수천수만 번의 연산과 축적된 데이터로 분석합니다."

"감정적인 오류를 저지르는 인간과 다르다는 말씀이신가요?"

"네, 맞습니다. 카피킬러는 인간처럼 실수하지 않습니다. 선입견도 없고 이익에 따라 판단하지도 않습니다."

"그럼 카피킬러의 오류 발생률은요?"

"거의 제로에 가깝습니다."

"거의 제로라는 건?"

"한국어를 영어로 번역했다가 다시 한국어로 번역하는 것과 같은 과정에 대해서는 명확하게 판단하지 못하는 경우가 있습니다."

"그렇다면 동일 언어에 대해서는 충분히 판단한다는 뜻이네요?"

"그렇습니다."

"좋습니다. 지난번에 저희가 부탁드린 실험 결과를 발표해 주십시오."

"일단 피고 측이 인터넷에 연재한 글과 《비 오는 날의 무지개》와의 연관성은 0.1%입니다."

"무슨 뜻이죠?"

"전혀 관련이 없다는 거죠."

그 말에 똥 씹은 표정이 되는 청계의 변호사들. 하지만 질문은 끝난 게 아니었다.

"그럼 얼마 전 피고 측 변호인이 신작이라며 비교·분석해 달라고 제출한 글에 대한 판단은요?"

"동일성 70%입니다."

그 말에 청계의 변호사들의 얼굴에 미소가 번졌다. 그 말인즉슨 자신들이 제출한 글과 《비 오는 날의 무지개》와의 연관성이 높다는 뜻이기 때문이다. 이제는 득의양양해지는 얼굴들. 하지만 다음 질문에서 그들의 얼굴은 급속도로 딱딱해졌다.

"그럼 동일 작가가 썼다는 건가요?"

"아닙니다. 동일 작가가 썼다는 게 아니라 누군가 어떠한 글을 보고 베끼다시피 이용하여 베이스로 삼고 살짝 고쳐 썼다고 표현하는 게 맞을 겁니다."

"무슨 뜻이죠?"

"창작한 게 아니라 고쳤다는 겁니다. 일반적으로 동일한 작가의 작품이라도 동일성은 10% 내외입니다. 이 부분은 작가의 버릇이나 창작할 때의 상황에 따라서 바뀝니다만 10%를 넘어가지는 않습니다."

"그럼 70% 라는 건? 표절?"

"표절까지는 아니지만 기존에 있던 작품을 살짝 내용을 바꾸고 몇 가지를 수정한 것으로 보입니다. 만일 동일 작가인 경우 자기 표절이라고 표현합니다."

"자기 표절?"

"네, 전작을 베껴서 썼다는 뜻이지요."

"피고의 신작이 도리어 옛날 글을 베껴서 썼다는 건가요?"

"그럴 가능성이 높습니다."

생각지도 못한 반격에 당황하는 청계의 변호사들이었다.

"재판장님, 보다시피 피고의 신작은 저작권 분쟁 중인 《비 오는 날의 무지개》, 아니 '비 오는 날의 우울'을 베껴서 썼다고 말하고 있습니다. 상식적으로 피고가 동일 작가라면 전작을 그렇게 필요 이상으로 베껴서 쓸 이유는 없다고 생각됩니다."

"흠."

"즉, 피고는 알 수 없는 이유로 스스로의 창작을 포기하고 과거의 작품을 그대로 답습하여 쓸 수밖에 없었던 것입니다. 피고의 상황이 특별히 변하지 않은 이상에야 그럴 이유는 하나뿐이라고 생각됩니다. 이상입니다."

민시아가 안으로 들어가자 판사는 피고 측을 바라보았다.

"질문 있습니까?"

"아, 네, 네, 네."

당황하고 있던 그들은 허둥지둥 나왔다. 그러고는 증인석의 교수를 바라보았다.

"그러니까 증인은 자기 표절이라 생각하신다는 건가요?"

"그렇게 보입니다."

"하지만 그것도 일종의 착각일 수도 있지 않습니까? 증인도 피고의 작품을 봐서 알겠지만 그 특성상……."

"전 피고의 작품을 보지 않았습니다."

"뭐라고요?"

순간 당황하는 청계 쪽 변호사들. 그럴 수밖에 없는 게, 일반적으로 이럴 때의 파훼법은 상대방이 선입견을 가지고 판단한다고 몰아붙이는 것이기 때문이다. 그런데 아예 보질 않았다면 무슨 선입견이 있겠는가?

"원고 측 변호사는 분석을 의뢰하면서 어떠한 개인적 감정도 없기를 요구했고 저 역시 그 부분에 동의하였습니다. 컴퓨터 작업은 제 제자와 조교에게 부탁했고 증인 본인은 두 작품뿐만 아니라 인터넷에 연재되었다고 말한 그 작품들 역시 본 적이 없습니다."

"그, 그럼 아까 말한 70%니 10%니 하는 그건……?"

"제 판단이 아니라 기계의 판단입니다."

"아……."

청계의 변호사들은 반박할 말을 잊어버렸다. 최고의 증언 파훼법이 증인의 신빙성을 공격하는 방식인데 아예 증인 자체가 감정이 없는 무생물이니 시도조차 할 수 없게 된 것이다.

"기계가…… 오류를 일으킨 것일 수도 있지 않나요?"

"해당 결과는 우리뿐만 아니라 우리와 제휴하는 세 곳의 대학에서 동일하게 진행되었습니다. 세 대의 프로그램이 동시에 고장 난다는 것은 있을 수 없는 일입니다."

"무슨 프로그램이 그렇게 많습니까?"

"각 학교는 학생들과 조교들, 교수들의 논문 표절을 막기 위해서 해당 프로그램을 설치하고 있습니다."

"그럼 동일한 실험을 세 번 했는데 동일한 결과가 나왔다는 건가요?"

"그렇습니다."

뭐라고 할 말이 없었다. 그의 말이 맞다. 자신이 쓸 능력이 되면 자기 복제할 필요가 없다. 그러나 그걸 직접 쓸 능력이 되지 않으니 복제할 수밖에 없었던 것이다.

"에……."

변호사는 할 말이 없었다. 상대방이 인간이어야 반격하는
데 상대방이 인간이 아니니 어떻게 공격할지 방법이 보이지
않았던 것이다.

"이상입니다."

결국 그는 아무런 말도 하지 못하고 그대로 내려올 수밖에
없었다. 전통적으로 인간만을 상대해 온 그들은 기계라는 새
로운 적수에 대해서 뭐라고 공격해야 할지 감을 잡지 못한
것이다. 물론 미국에서 변호사 생활을 했던 노형진은 그런
것에 익숙했다. 미국에서는 과학적 증거가 아주 중요한 판단
의 척도로 쓰이기 때문에 과학적 시스템을 쓰기 마련이고 변
호사들은 그런 증거에서 의뢰인을 보호하기 위해서 그런 것
에 대한 약점도 알고 있어야 하기 때문이다.

"알겠습니다."

판사는 자신도 모르게 피식 웃었다. 그도 청계의 이름을
모르지는 않는다. 비록 자신이 아예 깨끗한 인간은 아니라
할지라도 청계의 변호사들처럼 돈 앞에 영혼마저 팔아 버리
지는 않았다. 모른 척해 주는 것과 아예 불법을 조장하는 것
은 전혀 다르니 말이다.

"끙."

그걸 본 청계의 변호사들은 할 말이 없었다. 그저 개인적
인 사건이라 쉽게 이길 거라 생각했는데 상대방은 문학적 소
양에서부터 현실적인 분석에까지 모든 것에 익숙해 보였다.

"도대체 저년은 뭐야?"

"모르겠습니다. 갑자기 툭 튀어나왔습니다."

"젠장."

그들이 봤을 때 민시아는 다크호스였다. 이건 누가 봐도 자신들이 이길 싸움이었다. 증거가 없는 저쪽과 달리, 이쪽에는 출판계약서 등 주요 증거가 있다. 그런데 저쪽에서 출판계약서를 증거 목록에서 날려 버렸다. 증명할 수 없다고 생각한 작품의 제작에 관해서 증명까지는 못 하더라도 합리적인 의심을 하게 만들고 있었다.

"피고 측, 불러올 증인 있습니까?"

"없습니다."

그 말에 판사는 고개를 갸웃했다.

"진짜 없습니까?"

"네."

분명 저쪽은 증인 신청서를 냈고 오늘 모 대학의 교수가 증인으로 나온다고 했다. 하지만 그들은 부르지 않기로 한 모양이었다. 저쪽에서 교수를 부른다는 정보를 입수했기 때문에 반박하기 위해서 부른 건데 상대방이 프로그램이니 뭐라고 할 수가 없었던 것이다.

"그럼 원고 측은 부를 사람이 있습니까?"

"있습니다만, 피고 측이 부르려고 했던 증인을 원고 측 증인으로 부르고 싶습니다."

"피고 측 증인을 원고 측 증인으로요?"

"그렇습니다."

그 말에 눈이 파르르 떨리는 청계의 변호사들. 보통 증인은 자신들에게 유리한 사람으로 부르고, 불리한 사람을 배제하기 마련이다. 그런데 불리한 사람을 불러들이다니.

'자신 있다는 거냐?'

얼마나 자신이 있으면 그러는 건지, 어이가 없었다.

"흠."

지금까지 없던 사태에 잠시 고민하던 판사는 고개를 끄덕거렸다. 어찌 되었든 판사의 입장에서는 한 번이라도 더 의견을 들어야 하니 말이다.

"인정합니다. 피고 측 증인은 원고 측 변호인의 요청에 따라 나와 주시기 바랍니다."

"네?"

피고 측 증인은 순간 당황했지만 어찌 되었든 부른 이상 여기까지 와서 안 나갈 수가 없었다.

그가 증인석에 앉자 민시아는 앞으로 다가왔다.

"증인은 카피킬러 프로그램에 대해서 알고 있습니까?"

"알고 있습니다."

"그럼 증인의 대학에서도 사용하고 있습니까?"

"저희 대학에서는 사용하지 않습니다."

"어째서죠?"

"그건 잘 모르겠습니다, 제가 선택할 사항이 아닌지라."

"증인이 재직하고 있는 대학의 기록입니다. 기록에 따르면 지난 4년간 다섯 건의 전문 논문 표절과 스물네 건의 졸업논문 표절 사건이 있다고 되어 있는데 맞습니까?"

"그게…… 잘 모르겠습니다."

"원고 측은 피고의 학교 표절 시비에 관한 뉴스를 증거로 제출합니다."

"사건과 관련이 없는데요?"

"기타 증거로 제출하는 바입니다."

"인정합니다."

기타 증거는 사건과 관련은 없지만 판단하는 데에 있어서 일정 부분 감안해도 되는 증거를 뜻한다.

"그에 반해서 카피킬러를 설치한 세 곳의 대학에 대한 5년간 기록을 보면 첫해 서른다섯 건의 표절이 발견되고 2년째에 열세 건이 발견되었습니다. 그 후 내리 3년간 어떠한 표절도 발견되지 않았습니다. 즉, 카피킬러의 성능이 상상 이상이라 표절 시비가 될 만한 행동 자체가 사전에 차단당했다는 뜻입니다. 그런데 왜 증인의 학교에서는 그걸 설치하지 않았나요?"

"글쎄요."

"그럼 증인의 학교에서는 표절 시비에 대해서 관대하게 판단하는 겁니까?"

"그건 잘……."

"딱히 하실 말씀이 없나 보군요. 그럼 이쯤에서 질문을 마치겠습니다."

별로 쓸데없는 소리만 하다 가는 민시아. 하지만 그 말을 듣고 있는 청계 측 변호사들은 점점 얼굴이 구겨졌다. 민시아, 아니 민시아의 입을 빌려서 노형진이 하는 질문은 전혀 상관없는 듯하면서도 허점을 파고들고 있었던 것이다.

"피고 측 변호인, 질문하세요."

'젠장.'

결국 질문하라는 말이 나왔을 때 그들은 절로 욕을 내뱉을 수밖에 없었다.

"아무리 봐도 처음이 아닌 것 같습니다."

"정보가 뭐가 잘못된 거야?"

두런두런 이야기하는 청계의 변호사. 그럴 수밖에 없는 게, 얼핏 카피킬러의 성능 자랑처럼 보이지만 교묘하게 대학의 논문 표절 사실을 공개하고 이를 결부시킴으로써 증인에 대한 믿음을 확 깎아 버린 것이다. 이제 자신들이 무슨 질문을 하든 증인이 다니는 대학 자체가 표절에 대해서 관대한 곳이니 저작권 사건인 이번 재판에서 주효한 증언이 될 수는 없을 것이다.

'망할.'

"없습니다."

증인에 대한 신뢰도가 떨어진 상황에서 쓸데없는 질문을 해 봐야 의미도 없다. 도리어 꼬투리를 잡혀서 반박당하게 되면 골치 아파지기 때문에 그들은 자신들이 불러온 증인에게 한마디도 물어보지 못했다.

"더 이상 증인이 없으면……."

'이쯤에서 끝낼까?'

노형진은 희미하게 미소를 지었다. 이쯤이면 충분히 의심은 끝났고 남은 것은 끝내기 한판뿐이다. 다음 재판까지 갈 필요도 없다.

"재판장님, 마지막 증인을 부르고자 합니다."

노형진의 신호를 받은 민시아는 당당하게 일어나서 말을 꺼냈다.

"인정합니다. 부르십시오."

마지막 증인이라는 것이 이번 판을 끝내겠다는 뜻이라는 걸 아는 청계의 변호사들은 얼굴을 딱딱하게 굳혔다. 안 그래도 불리한 상황인데 무슨 증인이 더 있단 말인가?

"증인의 소개 부탁드립니다."

증인이 자리에 앉자 민시아는 증인에게 소개를 부탁했다.

"사랑 출판사의 편집장인 황학교라고 합니다."

"사랑 출판사는 뭐 하는 곳이죠?"

"로맨스 소설 전문 출판사입니다."

"그럼 피고인 정상하가 책을 낸 출판사와 동일 업무를 진행하나요?"

"뭐, 같다고 보시면 됩니다. 피고 측이 낸 출판사와 일면 식은 없지만 일단 로맨스라는 동일한 장르를 출판하고 있습니다."

전혀 엉뚱한 출판사의 등장에 약간은 당황하는 사람들. 물론 동일 출판사는 아니지만 동종 출판을 하고 있다고 하니 뭐, 문체가 비슷하다든가 아니면 카피 가능성이 높다는 식의 발언을 하려고 불렀을 가능성이 높다. 그런 건 충분히 나왔기 때문에 의미가 없는 질문이지만 말이다. 하지만……

'그럴 거면 내가 데리고 올 리가 없지.'

노형진은 증인을 찾기 위해서 기록에 있던 블로그 접속자들에게 일일이 메일을 보내서 도움을 요청했다. 그리고 우연히도 그를 만나게 된 것이다.

"인터넷에서 사용하는 닉네임이 뭔가요?"

"'사랑의여로'입니다."

"여기 증거상에 드러난 메일 주소가 귀하의 메일입니까?"

"아닙니다."

"그럼 무슨 메일이죠?"

"회사의 법인 메일입니다. 회사 차원에서 공동으로 사용하는 메일입니다."

"그러니까 '사랑의여로'라는 닉네임을 가진 계정은 회사 차원에서 쓰는 계정이라는 거죠?"

"그렇습니다."

그리고 사태를 깨달은 청계 쪽 변호사는 말 그대로 새파랗게 질리기 시작했다. 안 그래도 불리한 상황에서 빼도 박도 못할 증거가 튀어나온 것이다.

"보다시피 '사랑의여로'라는 닉네임은 2년 반 전, 그러니까 원고의 작품인 '비 오는 날의 우울'이 완결될 때쯤에 수십 차례 해당 블로그를 방문했습니다. 인정합니까?"

"인정합니다."

"이유는요?"

"출판계약을 하고 싶어서였습니다."

"계약을 하고 싶어서였다?"

"네."

"근데 왜 못 했죠?"

"답장이 없으시더군요."

"그래서 포기한 거다 이거죠."

"네."

"그럼 그와 관련된 증거가 있습니까?"

"여기 있습니다. 그 당시 계약 승인을 받기 위해서 내용 중 일부를 캡처하고 올린 보고서입니다."

서류를 받아 든 민시아는 왠지 모를 쾌감에 부르르 떨었다. 빼도 박도 못할 증거. 누구도 부정하지 못할 증거. 저 녀석들이 지웠다고 생각하고 안심했던 원본이 드디어 손에 들어온 것이다.

"이게 그 당시 작품이라는 거죠?"

"그렇습니다."

"그런데 시간이 찍혀 있네요? 왜 그렇지요?"

"과거 모 작가가 동일한 작품으로 3중 계약을 해서 혼란을 겪었던 적이 있습니다. 그 때문에 회사 규정 차원에서 우선권 확인을 위해서 시간을 찍었습니다."

"재판장님, 이 보고서를 증거로 제출합니다."

민시아가 그걸 넘기려고 하자 청계의 변호사는 자신도 모르게 벌떡 일어났다.

"이의 있습니다!"

그 말에 그에게 향하는 시선들. 그리고 그는 자신의 실수를 알아챘다. 마음이 너무 급해서 저도 모르게 나선 것이다.

"이유가 뭔가요?"

"그게……."

이유가 없었다. 원본 파일이 들어 있는 작품이고 빼도 박도 못할 증거이다 보니 막아야 한다는 생각만 했지, 뭘 어찌해야 할지는 몰랐다.

"이의를 신청하려면 합당한 이유를 대세요."

판사의 다그침. 그는 자신도 모르게 이를 빠드득 갈았다. 하지만 방법이 없었다.

"이의를 철회하겠습니다."

"그럼 증거로 인정합니다. 서기관, 기록하세요. 갑제 5-7 출판계약 신청 보고서 사본."

그 말에 청계의 변호사는 눈을 질끈 감았다.

'졌다.'

모든 면에서 분석하고 결정적인 증거까지 들어갔기 때문에 결판은 난 것이나 마찬가지였다. 그리고 최종 판결문이 도착했을 때 한지연은 멍하니 그걸 바라볼 수밖에 없었다.

"이겼네?"

누구도 이길 수 없다고 했다. 부모님이 만난 변호사들도 대부분 합의하자고 이야기했다. 이길 수 없다고. 증인도 없고 증거도 없으니 이길 수 없다고. 그런데 이겼다.

"꿈은 아니지? 아파? 진짜 아파?"

"한지혜, 꿈인지 확인하는 건 좋은데 왜 내 얼굴을 꼬집냐? 아프지, 그럼 안 아프냐?"

노형진은 멍하니 그걸 바라보는 자매를 보면서 피식 웃었다.

"어, 이게 어떻게 이긴 거지?"

"잘."

"잘?"

"그래, 잘."

관련이 될 만한 건 모조리 뒤져 대는 노형진의 스타일 덕분에 이겼다. 만일 보이는 것만 가지고 재판에 임하는 일반 변호사라면 분명 졌을 것이다.

"10억이라니……."

출판사에서 정상하에게 인세로 주기로 한 돈은 10억. 그중 5억은 지급되었고 나머지 5억은 아직 주지 않았다.

"10억이라니……."

판결문에 써 있는 10억이라는 막대한 돈에 감을 잡지 못하는 자매.

"그것보다는 더 많아질걸?"

"더 많아진다고?"

"그래, 일단 정상하한테서 손해배상은 따로 받아야 하는 데다가 소설도 계약을 갱신해야 하고. 더군다나 영화가 있잖아."

"소설? 영화?"

"회사들의 입장에서는 큰일이 터진 거거든."

"왜?"

"자본이라는 게 쉽게 만들어지는 게 아니니까."

이제 원작자가 바뀌었으니 기존 출판사는 그동안 거둬들인 판매액을 모조리 토해 내야 한다. 더군다나 책을 만드는 데에도 돈이 들어갔고 엄청나게 쌓여 있는 재고도 남아 있다. 만일 한지연이 재계약을 거부할 경우, 수익의 반환뿐만 아니라 재고 처리까지 겹쳐 도산만으로도 부족할 지경이 된다.

"영화도 마찬가지지. 크랭크인이 되었잖아."

그렇다는 건 영화 장비 대여소와도 계약되었고 출연자와도 계약되었다는 것이다. 한지연이 'No.'라고 말해 버리면 영화는 날아가는 셈이고 수십억에 달하는 돈은 그냥 증발하는 것이다. 당연히 영화사는 막대한 적자를 각오해야 한다.

"아마도 정상하보다 더 좋은 조건으로 계약하자고 꼬시겠지."

"이보다 더 좋은 조건?"

"그래, 뭐, 이것저것 하면 30억은 남지 않을까?"

30억이라는 말에 멍하니 노형진을 바라보는 자매.

"엄마한테 뭐라고 하지?"

부모님은 여전히 일하러 가신 상황이다. 그러니 재판을 한 건 알고 있어도 결과가 어떻게 나왔는지는 모르고 있을 것이다.

"어쩌긴, 사실대로 말해야지."

"사실대로……."

"참고로 돈은 전문 관리사들한테 분산해서 맡겨."

"뭐?"

"한 사람당 한 5억씩 해서 전문 관리사들한테 맡기라고."

"왜?"

"그렇게 갑자기 돈이 생기면 막 쓰다가 나중에 망하더라고."

"이걸 다 쓸 수는 있는 거야?"

"있어."

노형진은 피식 웃었다. 막말로 30억이면 서울에서 좀 큰

아파트 하나 산다고 하면 한 방에 날아갈 돈이다. 하지만 이런 시골에서 공장에 다니며 작은 지하의 방에서 살던 이들 가족에게는 도무지 감이 잡히지 않는 큰돈일 것이다.

"표정이 왜 그래?"

"그냥…… 겁이 나서."

한지혜는 겁에 질려 있었다.

"하긴, 그게 좋은 마음가짐이다. 돈을 겁낼 줄 알아야 돈을 잘 쓰게 되는 거야."

고개를 끄덕거리는 노형진. 그는 자리를 털고 일어났다.

"어디 가?"

"어디 가기는. 나 공부해야 하거든?"

"공부? 아……."

"야, 이게 얼마짜리 사건인데. 내가 변호사였으면 최소한 3억은 받는 사건이야."

"3억……."

"더러워서라도 빨리 변호사 자격증을 따야지."

"고마워."

"울지 마요, 누나. 그 돈으로 좋은 일이나 하세요."

"응!"

"아, 그리고 사랑 출판사 쪽에 차기작 내주기로 한 거 잊지 마요."

그들이 자기들의 증거를 내줄 때는 다 이유가 있는 것이다. 단순히 좋은 일 한다고 내주는 것이 아니다. 그래서 3부작 중 2부는 그 출판사에서 내기로 한 것이다.

"알았어."

"뚝! 울지 마요. 아, 사나이 가는 길에 눈물을 보이지 말라니까요."

"너 진짜 말 잘한다."

"변호사 지망생이니 말은 잘해야지요."

마지막 인사를 마치고 나온 노형진의 앞에는 작은 차 한 대가 기다리고 있었다. 자신을 기숙사에 데려다줄 차였다. 그리고 그 차의 운전사는 다름 아닌 민시아였다.

"뭘 그렇게 생각해요?"

차 문을 열고 옆자리에 앉자 민시아는 손톱을 물어뜯으면서 곰곰이 생각에 잠겨 있었다.

"아…… 이번 사건의 복기."

복기란 말 그대로 그 사건을 다시 되짚어 보는 것을 뜻한다. 하긴, 그녀에게는 상당히 충격적인 방식이었을 것이다. 주어진 정보만을 가지고 재판한 것이 아닌 스스로 정보를 찾아서 하는 재판이라니.

"그래서 어때요?"

"어떻게 하는 건지 도무지 감을 못 잡겠어."

그 말에 노형진이 피식 웃었다.

'그게 그렇게 쉽겠습니까?'

그도 한국을 떠나 미국에서 변호사를 시작하면서 숱하게 당했다. 변호사입네 하고 거들먹거리는 한국과 다르게 미국은 철저하게 능력제다. 한국처럼 변호사에게 맡겼다고 변호사가 도리어 가만히 좀 있으라고 윽박지르는 관계가 아니라 철저하게 자신에게 일을 맡긴 사람을 위해서 일한다. 그러니 더러운 짓을 서슴지 않을 정도로 온갖 방법을 다 쓰게 된다.

'미국이 달리 소송의 천국이 아니지.'

아니, 소송의 천국이라기보다는 소송의 지옥일 것이다. 그만큼 치열하고 경쟁적이며 승리만이 모든 것을 보장하니까.

"제가 나이는 어리지만 조언 하나 해 드릴까요?"

"조언? 뭔데?"

비록 노형진이 나이가 어리다는 걸 알지만 재판에 대한 통찰력은 더 뛰어나다는 것을 알기에 그녀는 순순히 물어봤다.

"모든 인간은 거짓말을 한다."

"모든 인간은 거짓말을 한다?"

"네, 심지어 우리에게 일을 맡기는 피고나 원고도 우리에게 거짓말을 해요."

"왜?"

"후후후, 그건 직접 체험해 보시면 알 거예요. 어쨌거나 잊지 마세요. 모든 인간은 거짓말을 한다."

"모든 인간은 거짓말을 한다라."

그 말을 중얼거리는 민시아였다. 사실 그건 맞는 말이다.

인간은 모든 것을 자기 위주로 판단한다. 그러니 일을 맡길 때 자기 위주로 변호사에게 일을 설명하고, 정작 사건에 들어가서 보면 전혀 다른 경우가 무척이나 많다. 아이러니하게도 일을 맡기는 당사자는 변호사를 믿어야 하지만 변호사 자신은 의뢰인을 100% 신뢰해서는 안 되는 것이다.

'그건 몸으로 겪어 봐야 알지.'

그건 당해 봐야 느끼지, 지금은 설명을 아무리 들어도 이해하지 못할 것이다.

"일단 절 학원에 내려 주세요."

"알았어. 모든 사람은 거짓말을 한다라."

그리고 그 조언 덕분에 민시아는 유명한 변호사로 다시 태어날 수 있는 기반을 만들 수 있었다.

체불임금 1

"합격이드아!"

노형진은 마지막 합격 통지서를 받아 들고 눈물을 흘렸다.

"아, 쌍…… 더럽게 힘들었네."

드디어 마지막 독학사 자격증 시험이 끝났다. 그리고 그 결과는 합격이라는 이름으로 나타났다.

"축하하네!"

"자네는 우리 학원의 복이야."

학원도 경사가 났다. 독학사를 따려는 사람은 많다. 하지만 노형진의 나이는 이제 고작 열일곱 살이다. 즉, 고 1. 하지만 그는 검정고시와 독학사를 거쳐서 법적으로는 대학 과정까지 마친 셈이 된 것이다. 그것도 최연소로 말이다.

"그래, 바로 고시반에 들어갈 건가?"

"그래야지요."

"내 그렇다면 학원비를 70% 깎아 주겠네."

학원장도 기대를 많이 하는 모양이었다. 하긴, 이번 독학
사 시험에서도 전국 1위다. 벌써 학원에 오려는 사람들의 전
화가 폭주하는 상황. 만일 예상대로 최연소 사법시험 합격자
가 나온다면 학원은 말 그대로 문전성시가 될 것이다.

"뭐, 그래 주시면 거절은 하지 않겠습니다."

노형진은 그걸 거절하지 않았다. 어차피 봐야 하는 사법시
험이고 여기서 준비한다고 바뀌는 것은 없다. 딱히 위법 사
항도 아니고 서로 윈윈하자는 건데 거절할 필요는 없다.

"그래, 그럼 방은 그대로 쓰게나."

"하하하."

노형진은 웃음이 나왔다. 아무리 예상은 하고 있었다지만 실
제로 합격증을 받아 드는 것은 무척이나 기분 좋은 일이었다.

"자, 자, 이렇지 말고 합격자들끼리 술 한잔하러 가죠?"

"어, 전 술 못 마시는데요."

"한 잔인데 어때?"

"사법고시 준비생한테 벌써 법을 위반하라는 겁니까?"

"그럼 자네만 주스를 마시게."

"하하하."

그렇게 합격자들은 미리 예약한 식당으로 향했다. 매년 말

독학사 자격증을 딴 사람들끼리 모여서 회식하는 것이 전통
이라고 하니 말이다. 그래서 그런지 이미 고깃집이 예약되어
테이블이 세팅되어 있었다.

"오, 우리 어린 천재님."

"누나, 그만 좀 갈궈요. 마지막까지 갈구네."

"이제 언제 갈구겠냐. 이참에 갈궈야지."

"아, 진짜."

"캬! 좋네."

효린은 기분 좋게 술 한 잔을 마시고 히죽 웃었다.

"그나저나 누나는 대학에 가는 거예요?"

"그래, 난 목표가 있으니까."

그녀가 독학사를 딴 건 그걸로 취업하기 위해서가 아니다.
원하는 쪽으로 가기 위해서는 그 학사 자격을 가지고 있는
게 엄청난 이득이기 때문이다.

"이제 정식으로 대학생이 되는 거지."

"한가하다고 놀러 다니는 거 아니에요?"

"그럴지도?"

"아, 나도 놀고 싶다."

"누가 들으면 네가 미친 듯이 공부한 줄 알겠다. 우리 중
에서 제일 여유 있게 공부한 게 너거든?"

"헤헤헤."

4년 치 공부를 한 방에 몰아서 1년에 다 한다는 게 쉬운 일

이 아니다. 물론 대학처럼 교양과목이 없지만 그렇기 때문에 더욱 힘든 게 독학사 과정이다.

"나중에 사회에서 만나서 쌩 까기 없기?"

"없기!"

"콜!"

"위하여!"

합격자들은 술잔을 가득 채우고 시원하게 들이켰다.

"수고했다."

마지막 사람을 방에 던져 놓으면서 장풍천은 씩 웃었다.

"이 짓을 매년 하신다고요? 고생이 많으십니다."

"뭐, 전통이니까. 학원이라고 해서 전통이 없다는 건 편견이다."

"하하하."

매년 해 왔다고 하더니만 모든 준비가 끝나 있었다. 고깃집만 예약된 게 아니라 아예 근처에 모텔 두 개를 예약한 것이다. 그리고 남자와 여자를 구분해서 투숙시키기까지 했다. 그걸 위해 선생님들 중 절반은 술을 마시지 못했다.

"그나저나 상인분들이 많이 도와주시네요."

"이 시기에는 큰손님이니까."

그 말에 노형진은 고개를 끄덕거렸다.

"그나저나 넌 어쩔 거냐?"

"뭐, 잠깐 집에 갔다 와야지요."

"진짜로 한 번에 사법시험까지 합격할 생각이구나."

"네."

"어쩌면 세상이 뒤집힐지도 모르겠구나."

최연소 사법고시 합격은 의미가 없다. 실제로 모 정치인이 열다섯 살에 1차 합격 했다는 이야기도 있으니까 합격과 실용은 전혀 다르다고 할 수 있다. 하지만 노형진의 계획이 성공하면 그는 스무 살에 변호사 자격증을 따게 되는 것이다. 이제 열일곱 살이 되었으니 올해 안에 사법시험을 합격하고 열여덟 살이 되어 2년간 연수원을 마치면 스무 살이 되니 말이다.

'그러고 보니 미래에 로스쿨이 생기고 나서 스물둘이 최연소였지, 아마?'

물론 그것과 비교할 수가 없다. 로스쿨은 시험을 봐서 변호사 자격을 따는 데에 반해서 지금의 사법연수원 제도는 2년간 교육을 받아야 변호사 자격을 받기 때문이다.

"후우, 그나저나 이거 잘 수나 있겠나?"

술에 취해서 너부러진 사람들을 보며 장풍천은 입맛을 다셨다. 사방에서 들리는 코 고는 소리에 잘 수도 없어 보였다.

"뭐, 산책이나 좀 하죠."

"이 시간에?"

"이 시간이니까 해야지요."

"끙, 그렇군."

지금 시간이 아침 8시 30분. 밤새도록 술을 마셔 댄 것이다.

"난 빈방에 가서 잠을 좀 자야겠구나. 101호가 비었으니 너도 피곤하면 와서 눈 좀 붙이거라."

"네."

한두 번 해 본 게 아닌지라 규정도 있었다. 여관을 빌려서 남자 선생이 번갈아서 불침번을 서는 것이다. 한 명은 입구를 지키고 한 명은 순찰하면서 말이다. 혹시나 술 먹은 원생들이 사고를 칠지 몰라서였다. 다행이 이런 대처 덕분에 지금까지는 사고가 난 적이 없었다.

'정신이 말똥말똥하네.'

술이 떡이 되도록 마신 다른 사람들과 다르게 그는 술에는 입도 대지 않았기 때문에 정신이 멀쩡했다.

'몸이 적응한 건가?'

공부하면서 숱하게 밤을 새워서일까? 그다지 피곤함도 느껴지지 않았다.

"아, 좋다."

노형진은 좋은 기분으로 산책하기 시작했다.

학원의 일상은 단순하다. 7시에 기상, 8시부터 수업 시작, 11시 취침. 노형진처럼 특별한 경우는 사정을 봐줘 가면서 빼 주지만 대부분은 그 타이트한 스케줄에 맞춰서 움직인다.

노형진 역시 사정이 있어서 바깥에 나올 때 말고는 그렇게 움직이다 보니 이런 아침에 산책하는 것은 왠지 낯설고 기분이 좋았다. 뭔가를 한다는 느낌이랄까?

"와하하!"

"꺄하하!"

그러나 아침이라고 조용한 것은 아니다. 아니, 도리어 더 시끄러울 수밖에 없다. 아침을 준비하는 상인들과 학교를 가는 아이들까지 한바탕 휩쓸고 지나가면 드디어 하루가 시작되기 때문이다.

"좋기는 한데 시끄럽군."

노형진은 얼굴을 찌푸렸다. 정신이 멀쩡하기에 멀쩡한 줄 알았더니만 시끄러운 소리에 오히려 머리가 띵한 느낌이었다.

'일단 조용한 곳에 가 있어야겠다.'

하지만 아침의 산책을 그만두고 싶지 않았던 그는 사람이 없는 곳으로 향했고 얼마 지나지 않아서 사람이 없는 곳에 도착할 수 있었다. 오래된 아파트의 무너질 것 같은 놀이터였다.

'사람이 없어서 좋기는 한데 왠지 으슥하군.'

아파트 자체도 오래되어서 무너질 것 같은 데다가 놀이터 자체도 워낙 오래되어서 녹슨 상태라 조용하기는 하지만 너무 으슥했다. 하긴, 그러니까 아이들조차도 접근하지 않는 것이리라.

'그냥 가야겠다.'

아무래도 기분을 살리려고 왔다가 도리어 죽일 것 같아 노형진은 몸을 돌려 나가려 했다. 그러나 그는 곧 발걸음을 멈췄다.

'아이?'

나무에 가려져서 잘 보이지 않았는데 흔들리는 오래된 그네에 작은 꼬맹이 한 명이 앉아서 삐걱거리면서 바닥을 보고 있었기 때문이다.

'왜 이런 곳에…….'

그걸 보고 노형진은 움찔했다. 여기는 이 시간에 아이가 있을 만한 곳이 아니기 때문이다.

'그냥 갈까?'

왠지 모르게 온몸을 흐르는 소름. 다가가면 상황이 꼬일 거라는 확실한 느낌. 안 그래도 좋은 기분으로 큰 시험을 끝냈는데 망치고 싶지 않다는 생각에 몸을 돌려서 갈까 하던 노형진은 자신과 마찬가지로 그늘에 숨어서 이쪽을 바라보는 한 남자를 발견했다.

'이런, 쌍.'

문제는 자신처럼 우연히 왔다가 발견한 게 아닌 것 같다는 점이었다. 위치 자체가 우연히 들어올 수 있는 공간이 아닌 데다가 상당히 능숙하게 숨어 있었던 것이다. 아이 쪽에서는 절대 안 보이는 위치. 결정적으로 그의 눈에 과거 이규성에게서 보았던 탐욕의 눈빛이 보였다.

'한두 번 온 게 아니라는 건가?'

저러는 걸 봐서는 저 아이가 여기에 온 것이 처음은 아니라는 거다. 주변에 사람이 없는 놀이터. 혼자 있는 아이. 그걸 발견한 소아 성애자.

'차라리 도와 달라고 꿈에 나타나지 그러냐.'

도무지 그냥 갈 수 없는 상황이었기에 노형진은 그 아이한테 다가갔다.

"꼬마야."

형진이 부르자 힘없이 고개를 드는 아이.

"이 시간에 여기 있으면 안 되지. 학교 가야지."

노형진은 등 뒤로 느껴지는 분노의 시선을 애써 무시했다.

"아저씨는 누구세요?"

"윽…… 나 이제 고작 열일곱 살이거든?"

꼬마는 보아하니 열세 살쯤 된 듯했다. 초등학교 6학년. 한창 천진난만할 나이다.

"오빠라고 불러 주면 안 될까."

"……."

하지만 대답은 하지 않는 아이. 그저 바닥만 보고 삐걱거리면서 오래된 그네를 움직일 뿐이었다.

"학교 가야지."

하지만 말을 하지 않는 여자아이였다. 이럴 때의 대처법은 세 가지뿐이다. 첫 번째, 경찰을 부른다. 그런데 고작 열세 살짜리쯤 되어 보이는 애가 세상 다 산 듯한 얼굴을 하고 있으니 왠지 그건 좋은 생각이 아닌 듯했다. 둘째, 그냥 모른 척하고 간다.

'그게 될 리가 없잖아.'

탐욕스러운 눈빛으로 이쪽을 바라보는 소아 성애자 녀석이 있다. 하는 짓거리를 봐서는 아직 강력 사범까지는 아니고 은근슬쩍 추행하고 싶은 모양인데, 어느 쪽이든 아이한테는 좋은 일은 아니다. 결국 남은 건 세 번째뿐.

털썩!

그 옆에 있는 그네에 앉아서 똑같이 그네를 흔들기 시작하는 노형진. 그렇게 시간이 가기 시작했다. 한 시간, 두 시간, 세 시간이 지났다. 두 사람은 서로 말도 안 했고 다그치지도 않았다.

'귀동냥이라도 해 두길 잘했네.'

아무래도 변호사 시절 아동 사건도 많았고 실제로 미국에서 아동 강간 사건을 담당한 적이 있었기 때문에 다그쳐 봐야 좋을 게 없다는 걸 알고 있는 노형진은 그저 시간만 보냈다. 그렇게 시간만 보내자 다행히 그 아동 성범죄자는 사라진 듯 시선은 느껴지지 않았다. 하지만 다른 문제가 나타났다.

꼬르륵.

어디선가 들리는 꼬르륵 소리. 밤새도록 고기를 먹은 노형진이니 그의 배 속에서 나는 소리는 아니었다.

"배고프지?"

하지만 여자아이는 말을 하지 않았다. 노형진은 대답을 기다리는 대신에 전화기를 들었다.

"오빠도 배고프거든? 나 짜장면 시킬 건데 넌 뭐 먹을래?"

"……."

"말 안 하면 내 맘대로 시킨다."

"아빠가 낯선 아저씨가 주는 거 먹는 거 아니랬어요."

"난 낯선 아저씨가 아니야. 낯선 오빠지."

무슨 바보 같은 소리냐는 얼굴로 바라보는 아이. 하지만 그런 바보 같은 행동 때문인지 그래도 살짝 마음을 연 것 같았다.

"그러면 짜장면요."

"짜장면 좋지."

노형진은 짜장면을 시켰고, 얼마 후 놀이터 한복판에 두 사람은 신문지를 깔고 짜장면을 먹기 시작했다.

"허허, 참, 내가 새참 배달은 많이 해 봤지만 놀이터에 배달하는 건 처음이네요."

배달원은 웃으면서 그릇을 받아 갔고 그 한 그릇의 짜장면 덕분인지 아이는 한결 편해진 얼굴이었다.

"학교 안 가?"

친해지고 나서 천천히 질문하는 것은 아이와의 교류 방법

중 기본이다. 한국에서는 무조건 다그치지만 말이다.

"가기 싫어요."

아니나 다를까, 한참을 함께 있었고 짜장면까지 먹고 나자 조금은 입을 여는 아이였다.

"왜?"

왕따일까? 하지만 그렇게 극단적인 왕따를 하기에 10대 초반은 좀 이른 나이이다. 물론 없는 건 아니지만.

"선생님한테 혼나요."

"선생님이 혼내?"

"네."

"왜?"

"돈 안 가지고 온다고요."

"돈? 무슨 돈?"

"급식비요."

"급식비?"

그 말에 자신의 책가방에서 꼬깃꼬깃 구겨진 안내장 하나를 내밀었다. 그걸 본 노형진은 얼굴을 찌푸렸다. 여러 가지 미사여구로 포장되어 있었지만 결론적으로 네 달째 식비를 미납했으니 가지고 오라는 소리였다. 만일 안 가지고 온다면 급식에서 제외할 수밖에 없단다.

"끙."

노형진은 선생이 무슨 짓을 하나 하고 걱정했는데 다행히도 그런 건 아니었다. 물론 이것도 작은 일은 아니기는 하지만.

"부모님은?"

"맨날 싸워요."

"왜?"

"돈이 없어서요."

"뭐 하시는데?"

"일하세요."

'일하는데 돈이 없다?'

이해할 수 없는 말이었다. 더군다나 아이 급식비도 내지 못할 정도라니. 노형진은 혹시나 하는 마음에 아이를 바라봤다.

"너, 어제 저녁은 먹었니? 그러고 보니 이름이 뭐야?"

"예림이에요. 이예림."

"저녁은?"

그 말에 고개를 흔드는 아이였다. 그걸 보고 노형진은 속이 터졌다. 아무리 돈이 없기로서니 설마 아이를 굶길 정도라니.

"부모님은 뭐래?"

"맨날 싸워요."

"그래서 이거 안 드린 거야?"

"이걸 드리면 또 싸울 테니까요."

당연하다. 당장 저녁 할 쌀이 없어서 애를 굶기는 판국에 네 달 치 급식비 16만 원이 나올 리가 없다. 하지만 한편으로는 이해할 수가 없었다.

'일한다며?'

일하는데 그 정도 돈이 없다는 건 말이 안 된다.

"일단 이 오빠랑 같이 갈까?"

"어딜요?"

"네 집에."

"집에 가기 싫어요. 가면 또 싸울 거예요."

"괜찮아. 오빠가 막아 줄게."

아이에게 손을 내미는 노형진이었다. 머뭇거리던 이예림은 고민하다가 노형진의 손을 잡았다.

"뭐…… 꼬이라면 꼬이라지."

포기한 듯 중얼거린 노형진은 예림이의 손을 잡고 어두운 골목을 벗어났다.

⚖

"아오!"

"때릴 거면 때려 봐! 돈도 못 벌어 오는 게!"

"조금 기다리면 준다잖아!"

"언제! 언제! 쌀이 떨어진 게 벌써 사흘이야! 이제 외상도 못 해!"

"이걸 확!"

"그래! 패라, 패! 같이 죽자!"

집 근처로 가자 악을 쓰는 소리가 들려왔고 예림이는 겁을 먹은 듯 주춤주춤 노형진의 뒤로 몸을 감췄다. 노형진은 그걸 보고 한숨을 쉬었다.

'잘하는 짓이다.'

아무리 애가 없기로서니 저 꼴이라니. 그나마 애가 있을 때는 좀 나을 테지만 지금은 없으니 막나가는 모양이었다.

"이건 말로 해 봐야 안 될 것 같은데."

들어가서 '진정하세요.'라고 말해 봐야 저 상황에서 들을 수 있는 말은 '넌 뭐야, 이 새끼야!'나 '넌 빠져, 이 새끼야!' 정도일 것이다.

"말이 안 되면 행동으로 해야지."

노형진은 몸을 돌려서 예림이를 똑바로 바라봤다.

"예림아, 여기서 눈 꼭 감고 이백까지 세고 따라 들어와. 손으로 귀 막고. 알았지?"

"이백?"

"그래, 이백. 그때까지 엄마랑 아빠를 화해시켜 둘게."

그 말에 예림이는 눈을 꼭 감고 손으로 귀를 막았다.

"하나, 둘, 셋……."

부모님을 화해시킨다는 말에 숫자를 세는 예림이를 두고 노형진은 몸을 돌렸다. 그러고는 구석에 있는 꺾인 나뭇가지를 집어 들었다.

"이백이면 되겠지?"

천천히 집으로 다가가는 노형진.

"죽자! 같이 죽자!"

안에서 들려오는 비명과 울음소리.

"흐읍!"

노형진은 나뭇가지를 꽉 잡고 입구에 붙어 있는 유리창을 그대로 깨 버렸다.

와장창!

"꺄아악!"

갑자기 유리창이 깨지자 기겁하는 두 사람. 그들의 시선은 노형진에게 향했다.

"실례합니다. 예림이 문제로 잠깐 대화할 수 있을까요?"

"뭐야? 넌 뭐야, 이 새끼야!"

아니나 다를까, 남자의 격한 반응. 노형진은 주먹을 꽉 쥐고 그대로 다른 유리창을 박살 냈다.

와장창!

"꺄아악!"

그걸 보고 기겁하는 예림이 엄마. 노형진은 그걸 깨고 나서 웃는 얼굴로 두 사람을 다시 바라봤다.

"돈이 없어서 쌀도 떨어진 모양인데 저랑 이야기하시겠어요, 아니면 그냥 이거 다 깨트리고 튈까요? 참고로 유리창, 은근히 비싼 거 아시죠?"

너무 황당한 짓에 두 사람은 말도 못 하고 입만 뻐끔거렸다.

"좋습니다. 이제 이야기를 할 수 있겠네요."

노형진은 미소를 지었다.

⚖️

"죄송합니다."

"아니…… 우리가 미안하네……. 예림이가 그런 상황인 줄도 모르고……."

노형진은 두 사람을 진정시키고 예림이를 데리고 왔다. 예림이는 잔뜩 겁을 먹기는 했지만 다행히 진정시킬 수 있었다.

"그래서 왜 이 난리를 피운 겁니까?"

"크흠, 그냥 별거 아닐세."

'이게 별게 아니라고?'

온갖 세간이 날아다녔다. 예림이가 학교에 간 사이 결국 두 사람의 갈등이 터진 모양이었다. 그런데 별게 아니라니.

"저기, 이거라도……."

"아, 네."

컵에 담겨서 나오는 것. 그건 음료수도, 흔한 티백 차도 아닌 찬물이었다.

"감사합니다."

노형진은 컵을 받는 척하면서 예림의 엄마의 손에 손을 대고 재빨리 그녀의 기억을 읽어 냈다. 그러자 그 기억 속에서

왜 이 꼴이 났는지를 알 수 있었다. 보통은 상대방이 기분 나
빠할까 봐 읽는 걸 안 하려고 하지만 두 사람을 보아하니 낯
선 자신에게 사정을 이야기해 줄 것 같지는 않았기 때문이
다. 하지만 그걸 읽고 나자, 기가 막혀서 말이 안 나왔다.

"아저씨."

"왜 그러나."

"바보예요?"

"뭐?"

"어떻게 일곱 달째 월급을 안 주고 버티고 있는데 찍소리
도 못해요?"

그 말에 자신도 모르게 입을 쩍 벌리는 남자. 자신은 아무
런 말도 하지 않았는데 그걸 알아냈기 때문이다.

"그, 그걸 어떻게……."

"그건 그냥 일종의 신기가 있다고 생각하시고…… 도대체
왜 그렇게 바보처럼 사시는 겁니까?"

"금방 준다고……."

"도둑놈이 '제가 도둑질했습니다.' 하는 거 봤어요?"

"……."

"내가 봤을 때는 아저씨는 바보예요."

"학생, 그래도 어른인데……."

"어른이 어른다워야 어른 취급을 해 드리죠. 어떻게 된 게
남을 챙기느라고 찍소리도 못하고 자기 새끼를 굶겨요?"

"……."

예림이가 굶었다는 이야기가 나오자 두 사람은 할 말이 없었다. 그건 어떻게도 변명할 수 없는 일이었기 때문이다. 그런데 그 앞에서 돈 때문에 싸우고 쌀이 떨어져서 굶기기까지 했다.

'보아하니 가스도 끊긴 것 같구만.'

당장 지금이 12월이다. 그런데 따뜻한 물도 아니고 찬물을 줬다는 건 가스도 끊겼졌다는 소리다. 그나마 전기세는 어떻게 냈는지, 유일한 난방 기구는 바닥에 깔린 전기장판뿐이었다.

"사장님이…… 준다고…….

"사장님이 아니고 사장 놈이겠죠! 아저씨는 애까지 있는 분인데 어떻게 세상을 그렇게 모릅니까? 바보예요?"

"오빠, 우리 아빠한테 뭐라고 하지 마!"

노형진이 마구 뭐라고 하자 예림이는 발끈해서 노형진을 때렸다. 물론 열세 살쯤 되어 보이는 여자애가 때리는 게 얼마나 아프겠냐마는.

"끙, 미안. 안 그럴게."

그걸 보면서 남자는 더욱 할 말이 없어졌다. 어린 딸도 자기를 지키려고 저러는데 정작 자신은 딸에게 따뜻한 밥 한 끼 먹이지 못하는 것이다.

"흑흑."

갑자기 서러움이 몰려오는 건지, 흐느끼기 시작하는 남자. 가만히 바라보던 부인은 그런 그를 안아 줬다. 그러고는 함께 울기 시작했다.

"으아앙!"

그렇게 부모님이 울기 시작하자 예림이도 울기 시작했고, 그 모습을 보는 노형진은 한숨만 나왔다.

'돌아 버리겠네.'

"기가 막히네요."

솔직히 어른만 있는 거라면 무시하고 가 버리고 싶었다. 하지만 여자애를 굶길 수는 없지 않은가? 그래서 사정을 들어 보았는데 기가 막혔다.

"이상한 거 못 느꼈어요?"

"이상하다고 생각은 하는데…….."

"그럼 바로 움직여야지요."

"하지만 나 혼자서 어떻게…….."

사장이라는 작자가 힘들다는 이유로 직원들에게 일곱 달째 월급을 주지 않고 있단다. 일부는 버티지 못하고 그만둔 다음, 돈을 받겠다고 소송하고 난리를 쳤다고 한다. 문제는 결국 그나마도 절반 정도에 합의하는 수밖에 없었단다.

"그냥 둬요?"

"그냥 둘 수밖에 없었네. 이 동네는 좁아서…… 그 사람한테 찍히면 취업도 못 해……. 그렇다고 이 돈으로 서울 같은 곳에는 가지도 못하고."

"악질이네."

'이래서 시골이 지랄 같은 거야.'

사람들은 시골이 정겹고 좋다고 생각한다. 하지만 시골은 서울에 비해서 심각할 정도로 결탁한다. 그 때문에 힘을 가진 작자들이 비뚤어지면 대책이 안 선다. 실제로 법률적 관점에서 봤을 때 시골에서 노예 사건이나 부정 사건이 터지는 데에는 다 이유가 있었다.

"그게 일곱 달째라는 거죠?"

"그렇다네."

"완전 악질이네."

적당히 부려 먹다가 연차가 쌓여서 자를 때가 되면 힘들다며 월급을 안 준다. 그러다가 그만두면 주변에 압력을 가해서 취업도 못 하게 한다. 돈을 받으려고 하면 끝까지 버티고, 소송까지 가도 그와 친하게 지내는 지역 판사들은 터무니없는 가격에 합의를 시도한다. 문제는 합의를 하든 재판을 하든 이기면 돈을 받아야 하는데, 그 녀석 명의로 된 재산이 아무것도 없어서 받아 낼 방법이 없다는 것이다.

"명의로 된 게 없다구요?"

"그래, 알거지야. 법적으로는 말이지."

"허! 가족은요?"

"가족들 명의로 된 것도 없어."

"이런 미친……."

도대체 어떻게 살고 있단 말인가?

"우리로서는……."

단순히 멍청해서 그런 줄 알았는데 듣다 보니 그게 아니었다. 상대방이 누군지 모르겠지만 이건 보통내기가 아니었다. 제대로 작정하고 하는 짓이 분명했다.

'돌겠네.'

이런 사건이 제일 더럽다. 상대방이 완벽하게 방어 준비를 하고 있다는 뜻이기 때문이다.

"나라고 이렇고 싶은가……. 하지만 돈도 없고……."

다시 왈칵 눈물을 흘리는 남자. 노형진은 그런 그를 보다가 고개를 흔들었다.

"일단 제가 좀 알아볼게요."

"자네는 그저 학생이지 않은가?"

"저도 방법이 있으니까 그냥 그렇게 아세요."

그냥 넘어갈 수는 없었다. 그냥 넘어가기에는 울다가 지쳐서 잠든 예림이가 너무 불쌍했다.

'내가 죽어서도 이 버릇을 못 고치는구나.'

힘든 사람을 도와줘야 한다는 그 생각.

힘을 가진 만큼 행해야 한다는 노블레스 오블리주.

그 때문에 모든 변호사들이 거부했던 두한의 사건을 담당했다. 그리고 죽었다. 하지만 그 죽음에 후회가 없었기에 그 버릇을 고치지 못하는 것 같았다.

"계좌 번호 좀 불러 주세요."

"계좌 번호는 왜?"

"일단 불러 주세요."

남자가 불러 준 계좌로 노형진은 텔레뱅킹을 이용해 바로 100만 원을 입금했다. 다행히 유민택 회장이 준 돈을 가지고 있어서 가능한 일이었다.

"일단은…… 이걸로 버티세요."

자신의 핸드폰으로 날아온 100만 원 입금 문자에 남자의 눈동자가 어느 때보다 커졌다.

"이, 이건……."

"빌려 드리는 겁니다."

"하지만…… 이렇게 큰돈을 어떻게……."

"그럼 예림이를 굶기실 거예요?"

"……."

"걱정하지 마세요. 일이 끝나면 돌려받을 거니까."

노형진은 이를 악물었다.

⚖

"이거, 아주 꾼이야."

노형진은 법무법인 새론에 도움을 요청했다. 그리고 얼마 지나지 않아서 필요한 정보를 얻을 수 있었다.

"주식회사 요상공정. 주로 전자와 관련된 정밀 부품을 만드는 회사야. 매해 매출은 200억대. 대표는 왕요상."

"그 녀석의 재산은요?"

"공식적으로는 없어."

"공식적으로는 없다?"

"그래, 심지어 가족 명의의 재산도 없어. 완벽하게 감췄더군. 이렇게 완벽하게 하는 게 쉽지 않은데 말이야."

"그 정도예요?"

"우리도 방법이 없어."

새론은 부탁받고 바로 알아보면서 혹시나 자신들이 해결할 수 있는지 가능성을 점쳐 봤다. 하지만 변호사들이 모여서 아무리 머리를 써도 이번의 경우는 아예 대책이 없었다. 일단 본인 명의뿐만 아니라 다른 사람의 명의로도 재산이 없기 때문이다.

"좀 알아봤거든? 청계 솜씨더라."

"청계? 법무법인 청계요?"

"그래, 얼마 전에 네가 박살 낸 그곳."

"끄응."

하긴, 청계는 법률을 이용한 나쁜 짓을 컨설팅해 주는 곳이다. 당연히 이런 사건에 끼어들었을 가능성이 높다.

"당연하게도……."

"명의자는 다른 사람이겠지요."

"그렇지."

"내 그럴 줄 알았죠."

재산을 다 빼돌린 인간이 자기 이름으로 명의를 남겨 놨을 리 없다.

"방법이 없어."

청계라면 허투루 일을 처리하지는 않았을 것이다.

"왜? 그 녀석이 너한테 잘못이라도 저질렀냐?"

"그건 아닌데요. 제 인생이 좀 고달프다고 하면 될까요?"

"하긴, 넌 이상하게 일이 찾아가는 관상인가 봐."

"하하하."

웃을 수밖에 없는 말이지만 어쩌면 맞을지도 모른다고 생각하는 노형진이었다.

"그래서 이번에는 그 녀석이랑 어떻게 해 보려고?"

"아마도요."

"그러면 한 명 보내도 되냐?"

"보내다니요?"

"민시아 말이야. 지난번에 너랑 일하고 상당히 감명받았나 봐. 만일 너랑 할 일이 있으면 꼭 보내 달라고 하더라."

"아직 재판을 하기로 결정된 것은 아니라서."

"뭐, 재판만 일이 아니잖아?"

"하긴, 그렇지요."

변호사의 일은 재판하는 게 아니라 법적인 싸움에서 승리하는 것이다. 그리고 법적인 싸움은 재판정 바깥에서 더 많이 벌어진다.

"보내 주시면 감사하죠."

아무래도 자신은 학생이라 사람들이 쉽게 믿지는 않는다. 하지만 나이가 어리다고 해도 변호사가 있다면 충분히 사람들이 믿어 줄 수 있다.

"보내 달라고 하니 방법이 없는 건 아닌 모양이구나."

그 말에 히죽 웃는 노형진. 그걸 본 송정한은 자신도 모르게 부르르 떨었다.

'넌 도대체 어떻게 된 놈이냐.'

아무리 자신들이 전관 출신의 변호사가 아니라고 하지만 그래도 어렵기로 유명한 사법시험을 통과한 변호사들이다. 그런 자신들조차도 이번에는 방법이 없다고 판단했다. 그런데 저 미소는 분명 어딘가 방법이 있고 그걸 알고 있다는 뜻이 아닌가?

'저 녀석은 진짜 괴물인 건가?'

송정한은 자신도 모르게 노형진을 한 번 더 바라볼 수밖에 없었다.

'어쩌면⋯⋯.'

그가 진정으로 변호사가 되는 날, 변호사의 세계에 엄청난

이것이 법이다

피바람이 불지도 모른다.

"받아 주겠다고?"

예림의 아버지인 이창훈은 변호사까지 대동하고 나타난 노형진을 보고 깜짝 놀랐다. 돈을 준 것도 고마운데 그 비싼 변호사까지 동원해서 받아 준다니.

"물론 공짜는 아닙니다. 만일 받게 되면 선임비는 후불로 내셔야 해요."

"으음."

변호사를 내야 한다면 그 비용은 적은 것이 아닐 것이다. 자신이 한 달에 받던 돈이 200만 원 정도. 일곱 달을 못 받았으니 1,400만 원이다. 그런데 거기서 선임비를 내고 나면 절반이나 남을까.

"그러니까 다른 사람들을 모아야지요."

"다른 사람들을 모아야 한다고?"

"네. 어차피 선임비는 똑같습니다. 그리고 소송하는 과정도 똑같지요. 하지만 다른 사람들이 모여서 거대한 집단을 만들면 그 비용은 확 줄어듭니다. 피해자가 얼마나 되죠?"

"한……."

자신의 기억을 더듬어 보는 이창훈. 그는 곰곰이 생각하다가 입을 열었다.

"내가 기억하는 것만 한 일흔 명 정도. 아마 알음알음 모으면 백 명은 되지 않을까?"

"선임비는 700만 원으로 했으니까 백 명이면 한 사람당 7만 원입니다."

그걸 투자해서 받을 수만 있다면 자신들이야 두 손 두 발 들고 환영할 것이다.

"하지만 될까……."

사실 모여서 한번 소송한 적이 있다. 하지만 소송이 끝난 뒤에 받는 것이 없었다. 그의 명의로 된 것이 하나도 없었기 때문이다.

"걱정 마세요. 그건 다 해결할 수 있습니다."

노형진은 씩 웃었다.

체불임금 2

"이건 아무리 봐도 방법이 없어."

이창훈이 모아 온 사람들은 무려 백스무 명에 달했다. 임금을 못 받은 사람부터 소송에서 이겼지만 한 푼도 못 받은 사람까지, 평균 피해액이 1,500만 원, 총 피해액은 무려 18억이다. 이는 연매출 200억짜리 회사가 지난 3년간 안 준 돈이 18억이라는 소리였다.

"이리저리 살펴봤지만……."

자신이 아는 법률적인 지식 안에서는 진짜 대책이 서지 않았다.

"이건 애초에 질 수밖에 없는 싸움이었다고요."

노형진은 그들로부터 넘겨받은 근로계약서를 체크하면서

피식 웃었다. 그 주변에는 몇몇 학생들이 서류 정리를 도와
주고 있었다. 노형진이 또 한 건을 하겠다고 시간을 내 달라
고 하자 몇몇 학생들이 배우고 싶다면서 접근한 것이다. 사
법시험을 앞둔 학생들이지만 벌써 여러 번 재판에서 승리한
노형진의 실력을 학원 내의 소문을 통해 잘 알고 있었기 때
문이다. 그래서 학원에서는 아예 빈 강의실 하나를 전용 공
간으로 빼 주기까지 했다.

"질 수밖에 없는 싸움?"

고개를 갸웃하는 효린이었다. 그가 봤을 때 근로계약서나
소송장 등은 멀쩡하게 잘 만들어진 것이었다.

"모르겠는데?"

"누나는요?"

민시아 역시 그걸 한참 바라보다가 얼굴을 찌푸렸다.

"틀린 게 없는데?"

법률적으로도 맞고 지식적으로도 맞고 실무적으로도 맞
다. 틀린 곳은 보이지 않았다.

"틀린 곳은 이곳이죠."

노형진이 손가락으로 가리킨 곳은 다름 아닌 맨 위였다.
그리고 그걸 본 사람들은 고개를 갸웃했다.

"이게 왜?"

거기에는 소송 당사자인 원고와 피고의 이름이 써 있었다.

"기본적으로 소송은 당사자에게 하는 겁니다. 하지만 여

기 소송 당사자를 보세요. 어차피 거는 사람이야 돈을 받지 못한 근로자지만 소송 당사자는 대부분 왕요상입니다."

"그래서?"

"왕요상은 대표이자 사장으로 군림하지만, 엄밀하게 말하면 요상공정은 주식회사입니다. 그러니까 왕요상은 공식적으로 CEO일 뿐, 배상 책임자는 아닙니다. 전문적으로 보면 그 역시 요상공정이라는 주식회사에 고용된 처지라는 거죠."

"그게 무슨……."

효린은 무슨 소리인지 이해하지 못하겠다는 표정을 지었다. 그때 민시아는 자신도 모르게 탄성을 질렀다.

"그렇구나!"

"그렇다니요, 언니?"

"요상공정은 법인이야. 그러니까 법적인 책임을 져야 하는 책임이 생기면 스스로 책임지는 거지. 왕요상은 엄밀하게 말하면 그 결정을 내리기 위해서 고용된 자일 뿐이고."

"잠깐, 그렇다면……."

"그래, 고용인에게 다른 고용인이 월급을 달라고 고소해 봐야 그게 될 리가 없지. 형진이 말대로 이건 질 수밖에 없는 싸움이었던 거야."

"잠깐만…… 그럼 끝까지 안 가고 중간에 합의한 건요?"

분명히 끝까지 가지 않고 중간에 합의한 사건들도 있다. 물론 그 돈을 받지 못하고 있다는 게 문제지만.

"뭐, 원본을 보지 못해서 확실하게는 말할 수 없지만, 아마도 그건 제대로 요상공정에 대해서 체불임금을 요구하는 소송이었을 거예요. 그러니까 왕요상이 나서서 책임지고 합의한 거죠."

"왜?"

"대표 운영자니까요. 대표 운영자로서 그 책임을 자기가 지겠다는데 누가 뭐라고 하겠어요?"

"그게 무슨 관련이 있다고…….""

질문을 던진 남자는 이해할 수가 없었다. 노형진은 잠시 생각하다가 한 장의 종이를 건넸다.

"보세요. 그 중간에 합의한 합의문이에요."

"이게 뭐가 어떻다는 거야? 월급에 대해 왕요상은 매달…….""

"이해하시겠어요?"

"그거야 당연히…… 아차!"

그리고 뭐가 잘못되었는지 그는 금방 알아차렸다. 배상 책임자로 언급된 것은 단 한 명, 왕요상뿐이었던 것이다. 요상공정 자체는 빠져 있으니 요상공정에 대해서 어떻게 손을 쓸 수 있는 방법이 없었다.

"여러분도 알다시피 왕요상은 공식적으로는 알거지죠. 한 푼도 없어요. 그러니 자기 명의로 합의서를 작성할 수 있고요."

"이런."

말장난으로 순식간에 배상 책임자를 바꿔 버린 것이다.

"그럼 어쩔 거야? 이번에는 회사를 대상으로 고소할 거야?"

"그럴 겁니다."

"하지만 그런다고 될까?"

회사를 대상으로 고소한다고 해서 왕요상이 줄 것 같진 않았다.

"물론 안 주겠죠."

"그럼?"

"말로 할 필요 있습니까?"

노형진의 말에 다들 이해할 수 없다는 표정이 되었다.

"미쳤구나."

왕요상은 백스무 명이 모여서 노동청에 진정서를 넣었다는 말에 피식 웃고 말았다.

"그래서 노동청에서는 뭐래?"

"줘야 한다고 합니다."

"안 주면 뭘 어쩔 건데?"

"하긴, 그러네요."

월급을 안 주면 노동청에서 할 수 있는 것은 고작해야 몇백만 원짜리 벌금을 낼 것을 통보하는 것뿐이다. 그나마도 1년에 정해진 만큼만 부과할 수 있다. 그들에게 주지 않은 18

억에 비하면 이자에도 들지 않는 소소한 금액인 것이다.

"애초에 다 우리 사람인데, 뭐."

노동청은 노동자를 보호하기 위해서 만들어졌지만 실상은 그렇지 않다. 노골적이라고 할 정도로 가진 자를 보호하고 명백하게 받아야 하는 돈임에도 불구하고 가장 먼저 하는 것이 합의다.

"그쪽에서는 20%쯤 깎고 합의하라고 합니다."

"흥."

이런 식이다. 100만 원을 줘야 하면 노동청에 신고해 봐야 그쪽에서는 합의하라고 한다. 결국 대부분의 사람들은 생계 때문에 합의를 받아들이고 그 덕분에 회사는 월급과 퇴직금에서 20%, 많으면 30%까지 주지 않을 수 있는 것이다. 어찌 보면 그런 노동청의 행동 때문에 더더욱 월급을 안 주는 게 유리해진 셈이다. 버틸수록 줄 돈이 적어지는데 왜 주겠는가?

"무시해. 노동청에서 뭐라고 하든 벌금 조금만 내면 그만이야."

왕요상은 무시하고는 자기 자리로 갔다. 이 나라가 철저하게 가진 자를 보호해 주는 덕분에 사업하기가 너무 쉬웠다.

"이참에 중국 놈이나 데려다 쓸까? 쓰고 버리기에는 제일 좋은데."

사실 왕요상 자체도 중국인이다. 할아버지 대에 한국에 와서 정착했지만 그는 스스로를 중국인이라 생각하고 있었다.

"멍청한 녀석들, 지난번에도 모여서 덤볐다가 졌으면 알아서 기어야 할 거 아냐?"

지난번에도 쉰 명인가 모여서 덤볐다. 하지만 그쪽 변호사와 몰래 딜을 해서 소장을 살짝 바꿨고 그 덕분에 아주 쉽게 이길 수 있었다. 그 변호사도 그 유명한 법무법인 청계와 척을 지고 싶지는 않았던지 돈을 받고 모른 척해 줬고 말이다.

"이제 슬슬 저 녀석들이 나가면 다음 근무자들을 선발해야 하는데."

이번에는 중국인들을 쓸까 고민하는 그때였다.

"회장님, 큰일 났습니다!"

문을 박차고 들어오는 한 남자. 그의 얼굴에는 당혹감이 가득했다.

"무슨 일이야!"

"가압류가…… 가압류가 들어왔습니다."

"가압류라니? 무슨 소리야? 가압류가 왜 들어와?"

자신에게 들어올 가압류는 없다. 그런데 왜 가압류가 들어온단 말인가?

"퇴직자 놈들입니다!"

"퇴직자 놈들?"

순간 이해하지 못한 왕요상. 그는 황급하게 공장으로 나갔다. 그러자 법원에서 온 사람들이 가압류하는 것을 지켜보고 있는 퇴직자들의 모습이 눈에 들어왔다.

"무슨 짓이야!"

왕요상이 소리를 버럭 질렀지만 압류하러 온 사람들은 그를 힐끗 보고는 다시 업무에 들어갔다. 그런 꼴을 한두 번 본 게 아니었기 때문이다.

"무슨 짓이냐니요, 사장님. 우리는 우리의 월급을 받으러 왔을 뿐입니다."

"회사 사정이 나아지면 준다고 했잖아!"

"그놈의 사정을 기다리다가 굶어 죽겠습니다."

이창훈은 이를 빠드득 갈았다. 자기 자식이 굶는 꼴을 본 부모의 눈에서는 분노가 치밀어 올랐다.

"하, 그래서 가압류하시겠다?"

"네."

"오냐, 해 봐라, 이 개새끼들아! 법대로 하자고, 이 씨발 새끼들아!"

버럭버럭 소리를 지르는 왕요상이었다. 하지만 그렇게 분노를 터트리는 바람에 그들의 움직임을 놓치고 말았다. 그사이 몇몇 직원들은 압류하는 사람들과 움직이면서 압류 대상을 지정해 주고 있었다.

"해 봐! 해! 그래, 하라고, 이 씨발 놈들아!"

어차피 안 주면 그만이다. 그는 자신이 있었다. 철저하게 자신을 감췄고 몇 년간 그렇게 지내 왔다. 수십 번의 소송에서 저쪽은 언제나 졌다. 가압류? 가압류당한 게 이번이 처음이 아니다. 그 정도 법률 지식이 없는 청계가 아니니 말이다.

"해 보자, 이 씨발 새끼들아!"

왕요상은 길길이 날뛰었다.

"우와."

왕요상이 길길이 날뛰는 장면을 본 노형진은 혀를 내둘렀다.

"역시 줄 생각이 없었네요."

"그랬던 거지."

그걸 보고 씁쓸하게 웃는 이창훈이었다.

"그런데 왜 비싼 물건에는 붙이지 말라는 거야? 저 기계만 해도 20억이 넘어. 저거 하나면 월급을 모두 받아 낼 수 있다고. 솔직히 네가 붙이라고 한 물건들은 얼마 되지도 않아."

"그건 새로 살 때의 가격이죠. 저런 기계류는 팔 때는 얼마 안 해요. 결정적으로 그렇게 한번 했다가 실패했잖습니까?"

"……"

그 말이 맞다. 지난번에 졌을 때도 가압류까지 했지만 결국 실패했다. 법률 지식과 로비로 무장한 그가 바로 가압류 해제 요청을 했기 때문이다. 그리고 결국 재판에서 지고 말았다.

"이건 단순히 돈을 받기 위한 싸움이 아닙니다."

노형진은 화면상에서 길길이 날뛰는 왕요상을 보면서 피식 웃었다.

"조금만 기다리면 제가 왜 이렇게 했는지 아실 겁니다."

왕요상은 다음 날 다시 기계를 돌리려고 했다. 하지만 그를 가로막는 퇴직자들 때문에 기가 막혔다.

"뭐 하는 짓이야?"

"기계를 돌리는 건 불법입니다."

"흥, 기계를 돌리는 건 합법이거든? 가압류 딱지를 붙였다고 너희 물건인 건 아니라는 거지."

맞는 말이다. 그 때문에 이들이 지난번에 질 수밖에 없었던 것이다.

"그렇지요. 기계라면 말입니다."

"그럼 꺼져!"

"하지만 우리가 붙인 건 기계가 아닌데요?"

"뭐라고?"

그 말에 왕요상은 창고로 뛰어갔다. 그리고 그곳에 있는 수많은 자재와 재료 그리고 형틀 등 소모성 아이템에 가압류 딱지가 붙어 있는 것을 발견할 수 있었다.

"뭐야? 이거 몇 푼이나 한다고, 거지새끼들!"

"거지새끼라니, 말이 좀 거친데요?"

그런데 창고에서 나오는 사람이 있었다. 노형진이었다. 그는 몇 가지를 체크하다가 나온 것이다.

"거지새끼들을 거지새끼라고 하지, 뭐라고 그래?"

"뭐, 거지새끼들인 건 그렇다고 치고, 일단은 이건 가압류 물이라서 말이죠."

"그래서?"

노형진은 피식 웃었다. 저렇게 나올 줄 알았기 때문이다. 그래서 기계가 아닌 재료와 소모용품을 압류한 것이다. 솔직히 저거 다 해 봐야 2억이나 될까? 그럼에도 이걸 압류한 것은 다른 목적이 있어서였다.

"압류물의 보관 규정에 따르면 가압류한 물품에 대해 그 가치가 소멸되거나 감가상각되거나 변질될 수 있는 일체의 행위와 이동 행위를 하기 위해서는 법원과 가압류자의 동의가 있어야 합니다."

"그게 무슨⋯⋯."

"즉, 이런 거죠."

노형진은 주머니에서 뭔가를 꺼내서 작동시켰다. 그 순간 창고에서 요란하게 사이렌이 울렸다.

"이 물품들은 가압류된 물품이고 이건 재판이 끝날 때까지 보관되어야 하는 물건이니까 현행법상 사용하실 수 없다는 거죠."

그 말에 멍한 표정이 되는 왕요상이었다.

"기계는 사용했는데?"

"기계는 돌린다고 가치가 변하는 물건은 아니니까요. 하지만 이 원재료들과 부품들은 사용하거나 마모되면 고철이나 다름없잖습니까? 그러니 압류품 규정에 의거하여 사용하시면 안 됩니다."

"뭐라고?"

"사용해 보세요. 경찰이 뭐라고 그러나."

"이 애새끼가!"

척 봐도 어려 보이는 노형진이 꼬박꼬박 말대꾸를 하자 왕요상은 기가 막혔다. 그러고는 다짜고짜 그의 멱살을 붙잡았다.

"이 새끼야, 어린놈의 새끼가 어디서 어른한테 덤벼들어!"

"어른 같은 소리 하고 자빠졌네."

"뭐라고? 이 씨발 놈이!"

노형진을 패려고 손을 올리는 왕요상. 그러나 그의 계획은 성공하지 못했다.

"어린애한테 무슨 짓이지?"

그를 잡은 것은 이창훈이었다.

"너 이 새끼!"

"쳐 봐. 경찰이 뭐라고 그러나 보자."

왕요상은 주변을 둘러보았다. 증인이 너무 많았다. 직원에, 해직자에, 심지어 법원 직원과 압류하는 사람들까지.

"칫."

노형진의 멱살을 놔주는 왕요상이었다.

"운이 좋았다, 이 새끼야."

이를 빠드득 가는 그를 보면서 형진은 도리어 웃음을 지었다.

"맞아, 나도 운이 참 좋은 거 같아."

그의 눈빛은 재미있는 것을 발견했다는 눈빛이었다.

⚖️

"우와……."

민시아는 생각지도 못한 방식의 접근에 놀랄 수밖에 없었다. 비싼 기계가 아닌 싼 재료를 압류함으로써 실질적으로 공장을 멈춰 버린 것이다. 상식적으로 가압류의 최우선 대상은 바로 비싼 물건이었기 때문이다.

"어떻게 이런 생각을 한 거야?"

"뭐든 마찬가지예요. 생존에 필요한 물건이 공급되지 않으면 사람이든 공장이든 멈출 수밖에 없죠."

공장에서 소모되는 물품의 대부분은 최소 몇 주 전에 구입해야 한다. 주문한다고 당장 오는 게 아니기 때문이다. 특히나 형틀 같은 소모형 부품은 만들어서 와야 하기 때문에 더 걸리는 물건이다.

물론 왕요상은 당장 가압류 해제 요청서를 제출했다. 지난번에도 그걸 제출해서 풀려났기 때문이다. 하지만 지난번에는 자신들에게 포섭된 변호사가 상대방 측에 있었기 때문에 모른 척해 준 데에 반해 이번에는 노형진이 가압류 해제 요청에 대한 이의 신청서를 제출했다는 점이 달랐다. 결과적으로 두 개의 신청서가 충돌했으며, 그런 경우 또다시 가압류를 풀 것이냐 말 것이냐에 대한 재판을 해야 했다. 결과적으로 재판이 끝날 때까지는 가압류가 유지될 수밖에 없었다.

"그런데 왕요상이 이대로 물러날까?"

"그럴 리가요."

노형진은 공장 바깥에서 교대자가 보내 주는 감시 영상을 보며 고개를 흔들었다.

"안 물러날 겁니다. 꼼수를 쓰겠지요."

"그럼 소용없는 거 아냐?"

"소용없는 건 아니죠. 이분들이 누굽니까. 거기 근무자들 아닙니까? 일정은 꽉 잡고 있는 거죠."

"……?"

"제가 왜 여러분한테 입구에서 모든 걸 감시하라고 했는지 아직은 모르실 거예요."

회사에 들어가면 불법 침입이다. 그렇다고 압류한 부품들과 재료들을 그냥 방치할 수는 없다. 그래서 노형진은 그 안에 경보기를 설치한 것이다. 그걸 바탕으로 감시하다가 그게 뚫리면 바로 경찰을 부르면 되는 것이다. 사실 벌써 세 번이나 시도했다가 실패했다. 그 때문에 왕요상은 화가 바짝 나 있는 상태였다.

"그냥 물러날 녀석이 아니기는 한데……."

이창훈은 걱정스럽게 중얼거렸다. 아니나 다를까, 갑자기 거대한 트럭들이 회사로 들이닥쳤다. 그리고 그 위에는 엄청난 자재와 소모품들이 쌓여 있었다.

"역시 구했군요."

"저것도 압류?"

"아니요, 지금 압류 신청을 해도 나오는 데에 상당 기간이 걸릴 겁니다. 그렇다면 의미가 없죠. 그때쯤이면 다 소모되고 없을 테니까."

"그럼?"

"아까도 말씀드렸다시피 여러분이 누굽니까? 전문가 아닙니까? 일정은 빠삭하게 잡고 계실 거 아니에요?"

노형진은 미소로 그들의 눈빛에 화답했다.

⚖️

"후우."

재료와 소모품은 늦게 도착했다. 그 덕분에 회사의 직원들은 죽어라 일해야 했고 간신히 주문량을 맞출 수 있었다.

"오라이!"

"이게 마지막 양입니다."

"수고들 했어."

작업반장은 가득 쌓여 있는 짐들을 보면서 씩 웃었다.

"그나저나 미안하네요."

"어쩌겠어."

바깥에서 싸우는 동료들을 보면 미안함을 감출 수 없었지만 굶어 죽을 수는 없었기에 그들은 일할 수밖에 없었다.

"이제 내일 아침이면 저쪽에서 가지고 가겠…… 어? 뭐야?"

그 순간 그들의 눈에 들어온 것은 경비원을 제치고 들어오는 한 무리의 사람들이었다.

"이 팀장?"

이창훈을 본 다른 팀장의 얼굴이 딱딱하게 굳었다. 그리고 그 뒤로 보이는 낯설면서도 익숙한 사람들의 얼굴에 더욱 딱딱해졌다.

"당신들은……."

"압류할 물품은 이것들입니다."

노형진은 막 나온 따끈따끈한 생산품을 가리켰고, 법원 직원들은 고개를 끄덕거리더니만 가차 없이 가압류 딱지를 붙이기 시작했다.

"잠깐, 뭐 하는 거야! 이건 다른 회사로 갈 거라고!"

"이건 다른 회사 물건이야!"

황급하게 그들을 가로막는 직원들. 노형진은 그런 그들을 보면서 따끔하게 한마디 했다.

"그래서, 돈 받았어요?"

"뭐?"

"돈 받았느냐구요. 잔금."

"그거야…… 당연히 물건을 줘야 받지."

"그럼 돈을 받기 전에는 아직 그쪽 게 아니죠."

"그거야……."

맞는 말이다. 계약금이야 받았지만 미치지 않고서야 잔금을 미리 주는 회사가 어디 있겠는가?

"이 물건들은 가압류하겠습니다."

망연자실한 얼굴로 바라보는 직원들을 밀쳐 내면서 법원 직원들은 냉정하게 그 물건에 가압류 딱지를 붙였다.

⚖️

"이런, 젠장!"

왕요상은 어이가 없었다. 재료를 압류하기에 급하게 재료를 구해서 그들이 압류하기 전에 주문받은 부품을 만들었다. 그런데 그들이 그 부품을 압류해 버린 것이다. 당장 상대방 회사에서는 길길이 날뛰며 손해배상을 청구하겠다고 게거품을 물고 있었다.

"방법이 없는 건가?"

그는 머리를 부여잡았다. 순식간에 계약 불이행으로 하루

하루 막대한 손해를 입기 시작했다. 하지만 저 망할 거지새끼들에게 고개를 숙인다는 것은 인정할 수가 없었다.

"다시 재료를 주문해?"

그럴 수는 없다. 원래 공장은 대규모로 재료를 소비하기 때문에 구매상에게 주문할 때는 선주문이 보통이고, 구매상은 그 선주문에 맞춰서 재료를 구해 온다. 지난번에도 재료를 추가로 급하게 구하느라고 추가금까지 줘야 했는데 또다시 추가로 구할 수는 없었다. 아니, 구한다 한들 저 망할 놈들이 다시 가압류를 하면 끝이다.

"도대체 누구야?"

분명 완벽하게 막았다고 생각했다. 그런데 그걸 이렇게 파훼하고는 자신에게 엿을 먹이다니.

"저 녀석들 뒤에 있는 변호사는……."

그러고 보니 그들과 함께 다니는 변호사가 한 명이 있었다. 젊어 보이는 여자 변호사였다.

"그 녀석인가?"

하지만 아무리 봐도 그녀는 너무 어려 보였다. 많아 봐야 20대 중반? 그런데 그가 법무법인 청계에서 공들여서 짜 둔 시스템을 무력화시킨다? 믿을 수 없었다.

"청계에 물어봐야 하나?"

하지만 청계의 컨설팅 비용은 엄청나게 비싸다. 지난번에도 이 컨설팅을 받는 데에 무려 10억이나 줬다.

"으으으."

그가 고민하는 그때였다. 한 여자가 황급하게 안으로 들어왔다.

"아빠, 큰일 났어!"

"큰일이라니?"

그녀는 왕요상의 딸이었다. 회사의 회계를 담당하고 있었다. 물론 말만 그렇지, 놀러 다니는 게 보통이지만. 그런데 큰일이라니?

"한국전기공사랑 한국수도공사에서 연락이 왔는데……."

"뭐라고?"

"세금을 안 내서 전기를 끊어 버리겠대."

"뭐!"

⚖

노형진은 결정문을 받아 보면서 씩 웃었다. 왕요상이 이용해 먹고 잘라 낸 직원들은 공장 직원뿐만 아니라 회계 팀도 있었다. 그는 그 회계 팀으로부터 정보를 받아서 세금이 나가기 직전, 자동이체가 되는 계좌를 압류함으로써 계좌를 봉쇄해 버린 것이다. 당연하게도 전기공사와 수도공사 등에서는 가압류에 막혀서 돈을 빼 낼 수가 없었고 막대한 양을 사용하는 공장이기 때문에 바로 차단할 수 있다는 경고를 날린 것이다.

"지금쯤 똥줄이 탈걸?"

전기가 끊어지면 공장은 죽는다. 당연히 그는 똥줄이 바짝바짝 탈 것이다.

"이 정도면 월급을 돌려주겠지?"

민시아는 대단하다는 듯 혀를 내둘렀다.

아무도 생각하지 못한 방법으로 순식간에 공장의 숨통을 조여 버린 것이다. 이런 상황에서 공장을 살리는 방법은 하나뿐이다. 월급을 돌려주고 가압류를 푸는 것.

"그러면 좋겠지만…… 안 줄걸요?"

"이렇게 당했는데?"

"이렇게 당한다고 주면 얼마나 좋겠습니까?"

가진 자들은 쓸데없는 자존심이 강하다. 자신이 지고 있다는 사실을 인정하지 않으려고 한다. 그리고 그건 왕요상도 마찬가지였다.

"아마 안 줄 겁니다."

"그럼 어쩌려고?"

"어쩌긴요. 다음 작전을 시작해야지."

⚖

"배 째!"

아니나 다를까, 왕요상은 배 째라며 버텼다. 일단 급한 대로 전기 요금과 수도 요금을 자기 돈으로 낸 것이다. 그렇게 버틸 거라 예상하고 있던 노형진은 다음 작전을 실행했다.

"허허, 참."

친자 확인 소송 때 정보원으로서 지라시를 터트려 줬던 형사는 자신 앞으로 온 소포를 뜯어 보고는 혀를 찼다.

"이게 뭐람?"

그건 요상공정에서 벌어지고 있는 일에 대한 상세한 정보였다. 얼마만큼의 채무가 있는지, 얼마나 큰 재판인지, 소송 당사자가 몇 명인지. 그리고 재료뿐만 아니라 완성품까지 압류당하고 전기세와 수도세 등과 같은 세금까지 내지 못하고 있다는 사실과 그 증거들이었다.

"이건…… 대박인데?"

요상공정은 큰 기업은 아니지만 그래도 간간이 거래가 되는 기업이다. 그런데 이 정도로 재무 상태가 좋지 못할 거라고는 아무도 생각하지 못했다. 워낙 거래 자체도 적고 풀려 있는 주식 자체가 적기 때문이다. 아니, 애초에 요상공정은 극도로 정보가 제한된 업체여서 이런 정보가 나온 것도 처음이나 마찬가지였다.

"이런 상태라면……."

무려 백쉰 명이 넘는 직원에게 몇 달간 지급하지 못한 월급이 18억이나 된다. 그리고 이유는 알 수 없지만 지난달 전기세와 수도세조차 내지 못했다. 물론 가압류 등의 정보는 노형진이 고의적으로 뺀 것이다. 일종의 증거 조작인 것이다.

"부도의 위험이 있을지도?"

결과적으로 노형진이 그에게 몰래 보내 준 정보만 보면 지금의 요상공정은 극도의 자금난으로 세금도 내지 못할 정도이며 부도 위기로 봐도 무방할 정도였다.

"흠……."

이게 왜 자신에게 왔는지 모르지만 증거 자체는 가짜가 아니었다. 그렇다면 그가 할 행동은 하나뿐이었다.

"어, 난데. 이번에 재미있는 정보가 들어왔어."

⚖️

"많이 떨어졌네."

노형진은 피식거리면서 요상공정의 주가를 확인했다. 20만 원 안팎에서 왔다 갔다 하던 걸 생각하면 엄청나게 떨어진 셈이다. 하긴, 계약 파기에, 손해배상에, 자금 압박설까지, 좋은 게 하나도 없었으니 당연한 결과일지도 모른다.

"회사가 망하는 거 아냐?"

"회사가 망하면 우리 월급은?"

하지만 소송 당사자들은 진짜로 회사가 망해서 돈을 받지 못하는 건 아닌가 하는 두려움에 떨 수밖에 없었다.

이것이 법이다

"걱정 마세요. 망하진 않을 테니까."

"그럼?"

"제가 이렇게 만든 거예요."

"왜?"

"절 믿으시라니까요, 후후후."

⚖

"오랜만이에요."

"오랜만이네."

"영민이는요?"

"잘 크고 있어. 할아버지한테 예쁨 많이 받고."

"다행이네요."

노형진은 오랜만에 강소영을 만났다. 강소영은 전과는 많이 달라진 모습이었다. 과거에는 지쳐서 깡만 남은 모습이었다면, 지금은 훨씬 당당하고 자신감 있는 모습이었다.

"요즘 후계자 수업은 어때요?"

"후계자는 무슨."

"아니라고는 부정 못 하시잖아요."

영민이의 할아버지 유민택은 언제까지 살 수 있을지 모른다. 즉, 유민택이 죽으면 그걸 물려받아야 하는 사람은 영민이라는 건데, 영민은 나이가 어리다. 영민이 제대로 후계자 자리를 넘겨받으려면 못해도 30년 후에나 가능한데, 그러면 필연적으로 공백 기간 동안 회사를 맡아 줄 믿을 만한 사람이 필요해진다. 그리고 그 사람은 단 한 명뿐이었다.

"그나저나 어쩐 일이야? 그동안에는 먼저 연락하지 않았잖아?"

"아, 부탁 좀 드리려구요."

"부탁?"

"회사 하나 사 주세요."

그 말에 강소영은 벙한 표정이 되었다. 부탁이라고 해서 돈을 좀 달라거나 아니면 뭔가에 대해 알아봐 달라는 건 줄 알았다. 그런데 회사를 사 달라니?

"그건 좀…… 그런데."

"왜요?"

"그건 좀 무리이지 싶은데? 한두 푼이 드는 것도 아니고."

"얼마 안 해요."

"얼마 안 한다니?"

"글쎄요. 일단 우호적 지분까지 합치면 한 20억?"

"뭐?"

고작 20억으로 기업을 인수한다는 것은 말도 안 되는 소리다. 아무리 작은 기업도 제대로 된 기업이라면 그 이상이 나가기 때문이다.

"어딘데?"

"요상공정요."

"요상공정? 거기 요즘 흔들리는 곳 아냐?"

"그걸 어떻게 아세요?"

"그거야 나도 그 신문? 지라시? 하여간 그걸 보니까."

그걸 보니 아무래도 확실히 강소영에게 후계자 교육을 하는 모양이다.

"맞아요."

"그런데 그걸 사라고?"

"사실은 그거, 제가 장난친 거거든요?"

"뭐?"

순간 이해할 수 없는 얼굴이 되는 강소영이었다. 노형진은 작전을 말해 줬고, 강소영은 진중한 얼굴이 되었다. 지금까지 보지 못했던 얼굴이었다. 아마도 후계자 교육을 받은 걸 가지고 가치를 판단하는 중일 것이다.

"요상공정급의 기업을 구입하려면 못해도 1천억 이상은 들죠."

"그렇지."

"하지만 성공하면 20억도 안 들어요."

"······."

"어차피 마지막에 들어올 테니 실패해도 손해 볼 건 거의 없는 거 아시죠?"

"흠."

강소영은 한참 고민하다가 눈을 떴다.

"조건은 뭔데?"

"제 조건은……."

노형진은 막바지 음모를 짜기 시작했다.

⚖️

"큰일 났다."

주식시장은 마치 미친 듯이 움직이기 시작했다. 정확하게
는 요상공정의 주가가 말 그대로 나락으로 떨어지기 시작했
다. 주거래은행에서 자금 회수를 위한 실사 팀을 보내겠다고
발표한 덕분이었다.

"이럴 수가."

주거래은행에서 그렇게 발표한 걸 보면서 왕요상은 혼이
나간 듯한 얼굴이 되었다. 물론 실사 팀이 와서 확인하면 부
도 위험이 없다고 판단하겠지만, 외부에는 부도 위험이 있어
서 은행에서 서둘러 자금을 회수하는 모습으로 보일 수밖에
없었던 것이다.

"이보게, 지점장……."

"미안합니다. 저도 어쩔 수가 없습니다. 본사 차원에서 내
려온 거라……."

그동안 친하게 지내던 지점장에게 읍소했지만 그는 어쩔

수 없다고 고개를 흔들었다. 벌써 주가는 2만 원대까지 떨어졌기 때문에 막을 수가 없었다.

"제발 부탁이네……."

"본사 차원에서 온 거라 저도 방법이……. 죄송합니다. 하지만 그동안의 정이 있으니 한 가지 정보를 드리겠습니다."

"정보라니?"

"주식시장 퇴출 건으로 조사가 들어간답니다."

"뭐?"

"월급을 일곱 달이나 밀릴 정도로 주지 못하는 기업이 흑자라는 게 말이 안 된다고, 주식시장 재무 확인을 위해서 조사에 들어간답니다."

"그게 정보야!"

그건 정보가 아니라 사형선고나 마찬가지였다.

"저도 이게 한계입니다. 죄송합니다."

지점장이 전화를 끊어 버리자 왕요상은 혼이 나간 듯 전화기만 바라보았다.

⚖️

"어떻습니까?"

왕요상이 반쯤 죽어 가고 있을 때 근로자 측 변호사가 그를 찾아왔다. 그러고는 그에게 동아줄을 내려 줬다.

"왕 사장님이 개인적으로 월급을 주겠다는 보증을 해 주신다면 원자재 및 소모품 그리고 완성품에 걸린 가압류 해지에 동의해 드리겠습니다."

"개인적으로 보증해 준다면?"

"그렇습니다."

그 소리를 듣고 왕요상은 기회가 왔다는 사실을 알아챘다.

'이 녀석들이 겁을 먹었구나.'

회사가 망하면 월급이고 뭐고 의미가 없어져 버린다. 당연하게도 월급도 퇴직금도 받지 못한다. 그러니 어쩔 수 없이 물러나려는 것이다.

'이래서 이 녀석들이 바보인 거야.'

어차피 자신의 재산은 하나도 없다. 자신이 보증해 봐야 안 주면 그만인 것이다. 자신이 타는 차도 회사 차원에서 빌린 것이고 사는 집도 회사 차원에서 구입한 것이다. 가전제품부터, 모든 것이 그렇다. 아무리 그들이 자신을 압류한다고 해 봐야 의미가 없다는 것이다.

"크흠, 싫다면?"

"네?"

여자는 당황한 얼굴이 되었다.

"우리는 버틸 만하네. 우리야 망하면 뭐, 어쩔 수 없지. 안 그래? 죽을 각오로 덤빈다고 한 건 자네들이 아니었나?"

"그, 그건……."

말을 못 하는 어린 변호사.

'훗, 역시 어린것이라 경험이 없군.'

한 번에 속이 드러나는 얼굴이 되다니, 경험이 부족한 게 확실했다.

"나도 회사를 살리고 싶지만 말이야, 그쪽에서 무리한 요구를 하면 나도 어쩔 수 없다고."

"개인 보증이 그렇게 어려운 건가요?"

"엄밀하게 말하면 난 주주이자 고용된 경영자일 뿐이라고. 내게는 배상 책임이 없어."

딱 잡아떼는 왕요상의 말에 민시아는 크게 당황했다.

"그럼 어떤 조건까지 달길 바라십니까?"

"통장의 가압류까지 풀어 줄 것."

"그건……."

원자재와 소모품 그리고 완성품의 가압류를 풀어 주고 나면 남은 약점은 통장뿐이다. 그런데 그걸 풀어 달라니.

"싫으면 말든가. 어차피 망해도 난 상관없거든."

"당신 기업입니다."

"난 주주이자 경영진일 뿐이라고."

"……."

"싫어?"

"상의해 보죠."

"천천히 해 봐, 천천히."

왕요상은 승리의 미소를 지었다.

⚖️

"으하하, 멍청한 놈들."

결국 이틀 뒤 그들은 동의해 주고 물러날 수밖에 없었다. 그리고 승자가 된 왕요상은 승리의 미소를 지으면서 재빨리 공장을 가동했다. 이제 실사 팀이 와도 문제 될 것은 하나도 없고 그럼 회사는 정상화될 것이다. 그리고 자신은 다시 옛날처럼 살아갈 수 있을 것이다.

"으하하, 이래서 기름밥 먹는 놈들은 안 되는 거야."

그가 승리를 자축하고 있을 때 노형진은 합의서를 받아 들고 역시 승리를 자축하고 있었다.

"난 이해를 못 하겠어. 그 녀석이 가진 건 아무것도 없다고."

애초에 소송해서 아무것도 받아 내지 못한 것은 그 녀석이 가진 것이 아무것도 없기 때문이다. 그런데 난데없이 노형진이 월급을 개인 변제 조건을 달아서 각서를 받아 오라고 하니, 민시아는 강하게 항의할 수밖에 없었다.

"10보 전진을 위한 1보 후퇴라고 할 수 있죠."

"이건 후퇴가 아니라 완전히 진 거야. 조금만 더 흔들면……."

"더 흔들면 기업이 넘어가요. 원래 적을 상대할 때는 퇴로를 열어 줘야 끝까지 안 덤비는 겁니다."

"그래도 그렇지."

솔직히 땡전 한 푼 없는 왕요상의 채무 지불 각서는 아무런 효과도 없다.

"과연 그럴까요?"

노형진은 왕요상이 자신의 멱살을 잡는 순간 그의 가장 큰 비밀 두 개를 알게 되었다. 그리고 그 비밀을 가지고 절대로 빠져나갈 수 없는 함정을 파기로 한 것이다.

'제대로 된 놈이라면 내가 이 정도까지는 안 하는데.'

사실 원래대로라면 그냥 월급만 받아 주고 끝내려고 했다. 하지만 하는 짓거리가 너무 마음에 안 들었다.

"제가 법률의 기적을 보여 드리죠."

"법률의 기적?"

"짜잔!"

노형진의 말에 민시아는 이해할 수 없는 얼굴이 되었다.

⚖️

이 주일 뒤. 노형진은 민시아를 비롯한 관계자들을 서울의 모 은행으로 불렀다.

"여기서 우리는 마지막 승부를 낼 겁니다. 오늘이 마지막 승부가 될 겁니다."

"마지막 승부라니?"

"여러분을 부자로 만들어 드린다는 거죠."

"부자?"

"아, 정정하죠. 부자는 아니지만 최소한 그동안의 노력에 부족함이 없는 상황으로 만들어 드릴 겁니다."

"형진아, 법률의 마술을 보여 준다더니, 그게 은행이야?"

"네."

"장난해?"

누군가 짜증스럽게 말했다. 믿고 맡겼더니만 하등 쓸모없는 왕요상의 지불 각서로 바꿔 왔다. 이제는 아예 받을 방법이 없어진 것이다.

"따라오세요."

노형진은 그들을 데리고 은행으로 향했다.

한 무리의 사람들이 은행으로 들어오자 은행 직원들과 경비들은 잔뜩 긴장했다. 노형진은 그들에게 왕요상이 보증한 지불 각서와 법원에서 보낸 재산 명시 명령서를 들이밀었다.

"그건 재산 명시 명령서?"

민시아는 한 번에 그걸 알아봤다.

"네, 맞습니다."

재산 명시 명령이란 채무 관계에 있어서 상대방이 재산을 숨기는 경우, 법원의 명령을 얻어서 해당 은행에 계좌를 확인할 수 있는 것이다.

"그게 무슨 의미가 있어? 아무런 의미도 없다고."

"맞아, 그 녀석은 계좌도 없는데."

"네, 그 녀석이 소유한 계좌는 없죠, 법적으로."

이해하지 못하겠다는 얼굴의 사람들. 그런데 그걸 보던 직원이 곤란한 얼굴이 되었다.

"다는 안 됩니다. 너무 많아요."

"그럼 대표로 저와 민시아 님 그리고 네 분만 오세요."

이해할 수 없는 말에 앞으로 나오는 다섯 사람. 직원은 몇 번의 확인 절차를 거쳐서 은행의 가장 안쪽으로 들어갔다. 그곳에는 자신들이 알던 금고가 아닌 거대한 문의 다른 금고가 있었다.

"이건?"

"대여금고라고 하죠."

"대여금고?"

"네, 일반적으로 귀중품을 은행에 보관하기 위해서 쓰는 겁니다. 은행에서 금고를 대여해 주면 보관자는 거기에 중요한 물건을 보관하는 거죠."

"그런 게 있었어?"

"일반적으로 재산 명시 명령은 소유한 계좌만 공개하게 되어 있죠. 하지만 이 금고는 소유가 아닌 대여이기 때문에 일반적 명령에는 표기가 안 돼요. 그렇기에 명시 명령을 신청할 때 따로 언급해야 하죠, 대여금고 포함이라고."

"자, 잠깐!"

그 말에 순간 얼굴이 딱딱해지는 민시아. 그 말은 이 안에 왕요상의 중요한 대여금고가 있다는 뜻이다.

"보석이나 그런 게 들어 있을까?"

"그런 거라도 18억은 좀…… 무리이지 않을까?"

걱정스럽게 안으로 들어가는 사람들. 은행 직원과 법원에서 온 직원 그리고 공식 변호사인 민시아까지 동행한 것을 확인한 직원은 법원 명령에 따라 대여금고를 열었다. 커다란 대여금고를 보는 사람들은 잔뜩 기대했는데 그 안에서 나온 것은 007 가방과 그 안에 가득 들어 있는 종이뿐이었다.

"이게 뭐야?"

"돈이나 보석이 아니잖아?"

나온 게 보석도 보물도 아니자 실망하는 사람들. 하지만 민시아는 그걸 보고 입을 쩍 벌렸다.

"설마!"

"맞습니다. 무기명증권."

"무기명증권?"

"이름이 쓰이지 않은 증권입니다. 보통 주주라고 하지 않습니까? 그 주주란 이 증권을 가진 사람을 말합니다. 왕요상은 말로는 전문 경영인이라고 주장하지만 결국 그를 뽑기 위해서는 주주들의 결정이 있어야 한다는 겁니다."

"설마……."

"네, 그 주주 자체가 바로 왕요상이니 자기 자신을 뽑는

데에 전혀 지장이 없었지요."

"그게 무슨 의미가 있는지……."

"주식이란 재산입니다. 즉, 이건 회사의 재산이 아닌 왕요상 개인의 감춰진 재산이라는 거죠. 무기명증권은 주인이 누구인지 등록할 필요가 없거든요. 하지만 왕요상의 대여금고에서 나왔으니 왕요상의 재산인 거죠."

"왕요상의? 그러면 우리가 가진 채권은?"

분명 왕요상이 책임지고 변제하기로 했으니 그건 명백하게 왕요상에 대한 채권이 맞다. 그리고 그 권리를 행사할 경우 당연히 이 주식을 압류할 수 있다.

"이 주식은 이제 우리 것입니다."

노형진은 주식을 확인하자마자 각각의 돈에 맞게 배당하기 시작했다. 배당은 현재의 주식 가격인 1만 8천 원을 기준으로 이루어졌고 그 결과, 주식을 다 나눠 줬음에도 불구하고 대부분이 왕요상에게서 받아야 하는 돈이 남을 지경이었다.

"이래서 흔든 거였어?"

이렇게 된 것은 바로 노형진이 회사를 뒤흔들어서 주식 가격을 똥값으로 만들어 놨기 때문이다. 원래 가격인 20만 원 정도였다면 이 중 일부만으로도 월급을 변제할 수 있었을 테니 왕요상은 상당한 주식은 잃어버렸음에도 여전히 경영권을 지킬 수 있었을 것이다. 하지만 현재 1만 8천 원인 주식값으로는 턱도 없이 부족했기 때문에 모든 주식을 나눠 줘야 했고, 그 바람에 왕요상의 주식은 단 한 주도 남아 있지 않게 되었다. 즉, 경영권을 확보할 수 없게 된 것이다.

"하지만 1만 8천 원짜리라고 해도 이게 돈이 되는 건 아니잖아?"

"돈이 안 되면 돈으로 만들면 그만이죠."

"망했어……. 망한 거야……."

왕요상은 집에서 주저앉은 채로 중얼거리고 있었다. 자신의 가장 든든한 보물인 주식을 직원이 모조리 빼앗아 간 것이다. 그랬음에도 자신의 빚은 여전히 남아 있었다.

"아빠, 이게 어떻게 된 거야!"

"여보, 말 좀 해 봐요!"

순식간에 영혼까지 털려 버린 왕요상과 그 가족들. 그들은 혼이 나간 듯 멍하니 있었다.

"이게 말이나 되냐고! 그거, 아빠 회사였잖아!"

회사에서 날아온 퇴거 명령서. 즉, 그는 주주총회의 의결에 따라서 경영인에서 해직당했을 뿐만 아니라 회사 명의로 되어 있는 집에서 나가라는 명령까지 받은 것이다. 심지어 자동차부터 가전제품까지 회사 돈으로 산 모든 것을 두고 말이다.

"이…… 이럴 수는 없어!"

모든 걸 감췄다고 생각했다. 그런데 어떻게 그걸 찾아냈단 말인가? 아니, 그건 중요하지 않다. 그 바람에 모든 걸 잃어 버린 것이다.

"아빠! 어떻게든 해 봐!"

딸의 비명에 그는 퍼뜩 정신을 차렸다.

"그래…… 포기하긴 일러."

그가 빼돌린 건 주식만이 아니었다. 그동안 받은 배당금과 회사에서 빼돌린 자금을 모조리 땅에다 묻어 버렸다. 금고에 그 많은 돈을 보관할 수도 없는 데다가 은행에 보관하면 직원들이 압류할 수 있기 때문이다.

"그 돈이라도 찾아오자."

몇 년간 그렇게 빼돌린 돈이 100억에 육박한다. 재기하기에는 충분한 돈이다.

그는 서둘러서 차를 끌고 그곳으로 갔다. 그러나 그곳에 도착했을 때 그는 멍하니 서서 그곳을 바라볼 수밖에 없었다. 아무도 신경 쓰지 않았을 부지. 아무짝에도 쓸모없는 땅. 그래서 돈을 숨기기 딱 좋을 거라 생각해서 구입했고 그 안에 비밀 금고를 만들어서 감춰 놨던 그곳. 그곳에는 불도저가 돌아다니고 있었고 포클레인이 땅을 파고 있었다.

"이, 이게 뭐야?"

자신도 모르게 휘청거리면서 자신의 비밀 금고가 있던 곳으로 가는 왕요상. 하지만 그곳에는 비밀 금고 대신에 다 무너진 흙더미만 가득했다.

"이보시오. 여기 공사 현장이니까 나가요, 나가."

공사하던 남자는 주저앉아 있는 그를 쫓아내려고 했다.

"공사? 무슨 공사! 여기는 공사할 곳이 아니라고!"

"그거야 나야 모르지. 소유 회사에서 무슨 건물을 짓는다고 하던데?"

"건물?"

"직원 휴양 시설이라나 뭐라나? 하여간 그렇게 공사를 시작했는데."

"해, 했는데?"

왠지 모르고 공포감에 바르르 떠는 왕요상이었다.

"100억이 넘는 돈이 땅속에서 나왔다지? 주인도 못 찾고 말이야. 결국 회사가 땡잡았지, 뭐."

그 말에 왕요상은 머리를 부여잡았다.

"으아아아! 이건 꿈이야!"

⚖

"120억이라."

노형진은 돈을 보면서 미소를 지었다. 그가 본 두 번째 비밀. 그건 바로 땅속에 묻어 둔 돈이었다.

이것이 법이다

"이거, 나중에 돌려 달라고 하지 않겠습니까?"

주주총회 현장에 참가한 한 남자가 불안하게 물었다. 갑자기 엄청난 배당금이 자신에게 배당된 것이다.

"돌려 달라곤 못 할 겁니다."

"왜요?"

"첫째, 이걸 달라고 하면 자신이 돈을 빼돌렸다고 인정하는 수밖에 없습니다. 그럼 결과적으로 세금 탈루 문제가 나오는데 빼돌린 세금에 더하여 징벌적 과세 그리고 형사처벌뿐만 아니라 여러분에게 줘야 하는 임금을 합치면 120억이 넘거든요. 그러니까 돌려 달라고 해 봐야 도리어 감방에만 갈 뿐, 더 안 좋아진다는 거죠."

"아!"

"둘째, 이건 회계가 끝나는 대로 기타 수입으로 분류되어 주주분들에게 배당될 겁니다. 그 경우 주주 여러분은 선의의 제3자가 되기 때문에 이걸 돌려줄 의무도 없죠."

"허허허……."

순식간에 막대한 배당금을 받게 된 직원들은 꿈을 꾸는 기분이었다. 자신들이 아무리 노력해도 안 되던 것이 이렇게 해결될 줄이야.

"그런데 주식은 어쩌죠?"

왕요상이 가지고 있던 주식은 총주식의 30%였다. 주식가격이 바닥을 치는 바람에 압류하기는 했지만 1만 8천 원짜리 주식은 쓸데가 없었다.

"조금 있으면 없어서 난리칠 건데요, 후후후. 믿을 만한 사람이 도와주기로 했거든요."

"도대체 누구이기에……."

"안 그래도 기다리고 계십니다. 들어오세요."

그 말에 안으로 들어오는 시커먼 남자. 사람들은 의심의 눈초리로 그를 바라보았다.

"누구기에……."

직원들이 못 받은 월급을 모은 돈인 18억으로 구입한 지분이 30%다. 그런데 이 남자는 혼자서 25% 지분을 구입했다.

"반갑습니다. 대룡그룹의 투자경영 팀장 이대우입니다."

"대룡그룹?"

"그렇습니다. 이번 투자처는 대룡그룹입니다."

그 말에 모두들 입을 쩍 벌렸다.

⚖

"도대체 무슨 일이 벌어진 건지……."

민시아는 지금 벌어진 일을 이해할 수가 없었다. 고작 18억짜리 체불임금 사건이다. 뭐, 금액이 많기는 하지만 받을 방법이라고는 보이지 않았다. 그런데 단순히 받은 걸 넘어서 월급쟁이들을 주주로 만들고 사장을 갈아 치우더니 이제는 회

사까지 대기업으로 넘어갔다. 대룡그룹이 최대 주주가 되며
요상공정이 대룡그룹의 계열사가 된다는 소식에 1만 8천 원
까지 떨어졌던 주식은 순식간에 18만 원까지 열 배로 뛰었다.

"나, 꿈을 꾼 건가?"

"꿈 같아요?"

이건 도무지 말이 안 된다. 결과적으로 고작 18억 가지고
회사를 거래했다는 건데, 이건 자신이 아는 법률 상식에는
전혀 부합하지 않았다.

"원래 법이란 게 그런 겁니다."

"법이란 게 그런 거라니?"

"제대로 알면 무서운 게 법입니다. 법을 제대로 아는 사람
은 법대로 하자는 소리 안 해요. 무서우니까."

지금까지 노형진이 한 것은 사기를 친 것도 아니고 강력범
죄를 저지른 것도 아니다. 약간의 로비가 있기는 했지만 일
반적으로 통용되는 수준의 부탁을 했을 뿐이다. 그럼에도 불
구하고 요상정공은 전 사장이 완전히 알거지로 길바닥으로
쫓겨난 정도가 아니라 거대 기업에 터무니없는 헐값에 인수
되었다. 대룡그룹이 가진 지분 25%, 직원들이 가진 지분
30%를 합쳐 55%의 찬성으로 요상정공은 대룡그룹에 싼 가
격에 인수되었고 대룡그룹은 최하 1천억에서 2천억 사이에
서 거래될 만한 규모의 기업을 고작 200억에 구입하는 데에
성공했다. 요상정공의 1년 수익이 200억이었으니 터무니없

는 가격인 것이다. 그 바람에 주식시장이 발칵 뒤집혔지만 사기를 친 것도 아니고 그렇다고 뭘 조작하거나 협박한 것도 아니니, 우연의 일치로 보일 뿐이었다.

"이래서 법이 무서운 거예요."

민시아는 아무런 말도 하지 못했다. 지난번에는 그저 승리의 쾌감을 느꼈을 뿐이지만, 이번에는 제대로 칼을 갈아 낸 법이 얼마나 예리하고 무서운지 알 수 있었다.

"누나도 법을 전공하려면 법이 아닌 바깥을 봐야 해요."

"바깥?"

"네, 이번 싸움은 재판도 없었고 판결도 없었고 법리 싸움도 없었어요. 그저 있는 몇 개의 규칙만 적용한 것뿐이죠. 그리고 대부분의 싸움은 그걸로 결정돼요."

"……."

민시아는 아무런 말도 할 수 없었다. 그녀는 노형진을 뚫어지게 바라보았다.

'송 변호사님 말씀대로 어쩌면…… 저 아이는 크게 될지도 모르겠어……. 법률계의 거성이 될지…… 아니면 다른 변호사들을 잡아먹는 괴물이 될지 모르겠지만…….'

그녀의 기분은 왠지 착잡해지고 있었다.

시간 낭비

　　최연소 변호사 자격 획득. 찬란하게 휘날리는 플래카드를 보면서 노형진은 미소를 지었다. 그러고는 전화기를 들었다.

　　"안녕하세요. 저, 형진인데요."

　　"오, 형진아!"

　　"네, 잘 지내셨어요?"

　　"그래, 어떻게 지내?"

　　"저야 잘 지내는데, 플래카드 좀 치워 주실래요?"

　　"플래카드?"

　　"제가 변호사가 되었다고 걸어 둔 거요. 아니면 학교 앞에다가 아동 강간범 출신 학교라고 걸어 드릴까요?"

　　그 말에 상대방은 아무런 말도 하지 못했다.

"치우시죠."

"알았다."

"끊겠습니다."

노형진은 전화를 끊어 버리고는 피식 웃었다.

"누구를 써먹으려고."

그가 다닌 중학교에서 그를 자랑하기 위해서 학교 앞에 최연소 변호사 자격 회득 플래카드를 걸어 둔 것이다. 하지만 아동 강간범을 옹호했던 학교를 도와주고 싶은 마음은 눈곱만큼도 없었기 때문에 그는 단호하게 그걸 치우라고 한 것이다.

"아, 지겨웠다, 진짜."

노형진은 한숨을 쉬었다. 최연소 변호사 자격 획득. 누구도 이룩하지 못할 기록을 달성한 것이다. 물론 공식적으로 1차에 합격한 사람 중 최연소는 열다섯 살이다. 하지만 1차는 그저 객관식일 뿐이다. 진짜 실력은 2차에서 나온다. 그리고 고작 열일곱 살에 2차를 통과하고 면접인 3차까지 통과한 사람은 노형진이 유일했다. 더군다나 누구도 버티지 못할 거라 생각한 2년간의 사법연수원 생활을 버티기까지 했다. 결과적으로 그는 20세가 되자 변호사 자격을 딴 것이다. 그러자 법률계에는 파란이 일었고 그의 집에서는 난리가 났다. 온 동네뿐만 아니라 온 친척들이 전화하고 난리도 아니었다.

'하긴, 아직은 끗발이 날릴 때이긴 하지.'

미래에는 사법연수원 합격이라는 것이 그다지 메리트가

없다. 로스쿨이 생긴 데다가 변호사들이 많았기 때문이다. 하지만 이때는 변호사라는 것이 엄청난 메리트였다.

'설마 집에 마담뚜가 찾아온 건 아니겠지?'

피식 웃는 노형진이었다. 사실 지난번 생에서 그가 결혼한 여자는 그렇게 마담뚜가 찾아와서 결혼한 상대였다. 물론 그 결과가 좋지는 못했다. 일하느라 바빴고 죽은 누나를 잊기 위해서 더 일에 매달렸다. 그녀는 그런 그를 보듬어 주기보다는 그렇게 벌어 온 돈을 쓰기 급급했다. 결과적으로 그녀가 바람피우는 걸로 파경이라는, 법률계에서는 아주 흔한 엔딩을 맞이했다. 그 충격으로 미국에 가서 미국 변호사 자격증을 땄지만 말이다.

'뭐, 미국에 가서 딸 필요는 없겠지?'

미국 법률도 다 안다. 하지만 아직은 시기상조일 것 같았다.

"아, 그나저나 진짜 힘들었다."

아무리 목표가 있었다지만 2년간의 사법연수원의 삶은 고독과 고통이라고 할 수 있었다. 차라리 죽고 싶다는 말이 나올 만큼 말이다. 그 덕분에 학원에 다닐 때처럼 남을 도와주진 못했다. 아니, 집에 가는 것도 버거웠다.

"내가 이 짓을 두 번 할 거라 생각하지는 못했는데 말이야."

공부의 양이 문제였다. 시간이 없는 것이다. 일단 사법연수원에서 다른 사람들을 법률적으로 도와주는 것은 문제가 된다. 수업에서 빼 주지도 않을 것이 당연하거니와 사법연수생은 공무원이다. 공무원이 제3자를 도와주는 것은 법률적인 문제의 소지가 있다. 그러니 형진은 어쩔 수 없이 2년 동안 미친 듯이 공부만 해야 했다.

'이 망할 놈의 공부.'

사실 그의 인생은 공부로 점철되어 있다고 해도 과언이 아니다. 그럼에도 불구하고 그런 그가 가장 치를 떠는 시기가 바로 사법연수생 시절이었다.

'월반도 없고…….'

이건 편법도 없다. 짤 없이 2년을 버티는 수밖에.

"오빠야!"

그 순간 저 멀리서 들리는 익숙한 소리.

'질기다, 진짜.'

지난번 체불임금 사건 이후 이예림은 폭탄선언을 했다. 형진에게 시집가겠다는 거다. 물론 다들 귀엽다며 웃었다. 뽀뽀로 고민하는 나이이니, 그저 귀엽다고 생각할 뿐이었다.

"안녕."

노형진은 애써 웃으면서 미소를 지었다. 근데 이제는 초등학생이 아니라는 게 문제다. 중학교 3학년이 된다. 최소한 애가 뽀뽀 때문에 생기지 않는다는 건 안다.

"먹을 거 가지고 왔다."

그 말에 노형진은 묘한 표정으로 그걸 받았다. 그러고 보니 처음 자기가 만들었다며 가지고 왔던 게 생각났다.

뭘 가지고 왔나 열어 봤더니만 김밥에 초콜릿을 말아 가지고 왔다. 맛? 그게 먹을 음식이었으면 억울하지도 않다.

"오셨어요."

"매번 미안하네."

"하하하."

옛날에는 어린 시절의 치기라고 생각하고 귀엽다, 귀엽다 한 건 맞다. 하지만 나이가 들면서 문제가 생겼다. 완연한 아가씨의 모습이 되어 가는 예림이 노형진을 만나러 가는 게 이창훈의 입장에서는 좀 곤혹스러웠던 것이다. 노형진이 싫은 건 아니다. 하지만 그가 봤을 때 노형진과 이예림은 사는 세계가 다르다. 전 국민이 다 아는 최연소 변호사와 그저 그런 시골 중학생이다. 어울릴 수가 없다. 결국 이창훈은 진지하게 한마디 했고 일이 터졌다. 가출한 것이다. 뭐, 가출이라고 해 봐야 그 나이대에 어디에 가겠느냐 생각했지만, 그날 저녁 안 들어오고 길을 헤매다가 기어코 그다음 날 노형진을 찾아왔다. 그러자 형진은 깜짝 놀라서 이창훈에게 전화했다. 혼자 사법연수원을 찾아올 거라 예상하지 못했던 것이다. 그 덕분에 그날 밤 예림의 볼기짝에서는 불이 났지만.

"여, 키잡!"

"형님, 애 앞입니다."

"안녕하세요. 괜찮아, 오빠. 키잡해도 돼. 원래 네 살 차이는 궁합도 안 본대."

도리어 예림이 당당하게 맞대응하자 말을 건넸던 사법연
수생이 머쓱해졌다.

"크흠, 그나저나 대단하다."

"뭐가요?"

"난 중간에 나가떨어질 거라 생각했는데."

"전 안 떨어져요."

'그래서 문제지.'

노형진과 이예림은 사법연수원에서 유명한 커플 아닌 커
플이었다. 2주에 한 번은 꼭 노형진을 찾아오는 데다가 지극
정성이었다. 오죽하면 사법연수생끼리 이것이 노형진의 키
잡이냐, 아니면 이예림의 미래에 대한 투자냐는 주제로 토론
을 벌였을 정도다. 실제로 사법연수생을 꼬시기 위해서 투자
하는 여자들이 제법 있으니 말이다. 결국 너무 어린 이예림
의 특성상 키잡으로 결론이 났지만.

'난 억울하다고.'

아직은 어려서 그런지 여자로는 안 보이는 이예림이다. 물
론 자라면서 많이 예뻐지기는 했지만 여전히 어린 모습이 더
강했고 아무리 봐도 이성보다는 그냥 동생에 가까웠다.

"이히힛."

그걸 아는지 모르는지 노형진에게 매달리는 이예림. 노형
진은 그냥 웃다가 슥슥 그녀의 머리를 쓰다듬었다.

"미안해서 어떡해?"

"아니에요."

바쁜 사법연수원 시절이다. 그런데 2주에 한 번씩 잠깐이라도 시간을 내주는 노형진에게 이창훈은 참 미안했다.

"그나저나 오늘이 마지막이지?"

"네."

사법연수원에서의 주말은 오늘이 마지막이다. 오늘이 지나면 이제 이곳에서 떠날 것이다.

"그럼 이제 어쩔 거야?"

이창훈은 별생각 없이 물었다.

"어쩌긴, 당연히 변호사 하시겠지."

이예림의 엄마는 당연하다는 듯 타박했지만 노형진은 씁쓸하게 고개를 흔들었다.

"아니요, 그것보다 할 게 있습니다."

"어떤?"

그 말에 더욱 우울해지는 노형진이었다.

"군대에 가야지요."

자신의 경험상 가장 치사하고 더럽고 아니꼬우며 시간이 아까웠던 그 시기가 다시 도래한 것이다.

⚖

군대. 한국의 일반적인 남자들이라면 절대 피할 수 없는 의

무. 그리고 사법연수생도 그걸 피할 수는 없었다. 노형진은
마치 전쟁터에라도 가는 것처럼 대성통곡하는 예림을 두고 3
사관학교에 입교했다. 그곳에서 훈련받아야 하기 때문이다.

'공부 좀 여유 있게 할걸.'

노형진은 자신의 처지가 슬펐다. 왜냐고? 간단했다. 그가
몰랐던 것이 있었던 것이다. 그는 군대 대신에 공익 법무관
으로 가려고 했다. 공익 법무관이란 변호사 자격증이 있는
사람이 군대 대신에 시민들에게 봉사하는 것을 말한다. 그런
데 실수한 것이 있었다. 바로 군법무관의 존재였다. 물론 그
존재 자체는 알고 있었다. 하지만 그건 자신이 고르는 거라
고 착각했다. 회귀 전에는 변호사 자격을 따기 직전에 일반
병으로 군대를 갔다 와서 관련 규정을 본 적이 없었던 것이
다. 그래서 막 닥쳐서 확인했을 때 그는 자신의 실수를 알아
차렸다. 군법무관과 공익 법무관은 자신이 선택하는 게 아니
라 성적으로 자른다는 걸 몰랐던 것이다. 그리고 언제나 톱
3 안에 들었던 그는 선택의 여지도 없이 성격에 안 맞는 군
법무관으로 가야 했다.

"으아아아!"

3사관학교. 모든 군법무관은 그곳에서 기초 교육을 받은
뒤 중위의 계급을 받고 배치되어 3년의 복무를 마치고 대위
로 예편한다. 당연히 이곳에는 수많은 사람들이 온다. 법무
관이 될 사람뿐 아니라 군의관 등 훈련을 마치고 임관하는

사람들이 한꺼번에 교육받으러 오는 것이다. 그리고 그곳에서는 난장판이 벌어지고 있었다.

"으아아아!"

"다음 후보생."

외줄 건너기라는 아주 쉽고 기본이 되는 것을 가르치는 훈련장. 그곳에서 수많은 후보생, 아니 임관 예비자들이 허우적거리고 있었던 것이다.

'가지가지 한다.'

이들의 나이는 대부분 많다. 당장 군의관은 최소 의과 졸업 후 인턴까지 마치고 온 사람들이며 군법무관들 역시 최소 4년제 대학 마치고 1년이나 2년 이상 공부하고 사업연수원까지 마치고 온 것이기 때문에 대부분 나이가 많고 공부만해서 체력이 저질이기 때문이다.

"하아."

조교는 그걸 보다가 고개를 흔들었다. 하긴, 갑갑할 것이다.

'내가 네 마음 안다.'

3사관학교는 말 그대로 한창인 때의 청년들이 전문 군인이되기 위해서 지원하고 훈련받는 곳이다. 그곳에 군인의 평균연령으로 보면 나이 지긋하신 분들이 운동과는 담 쌓고 지내다가 군대에서 오라고 한다고 온 것이니 같을 수가 없다. 전자만 보다가 후자를 보면 돌아 버릴 것 같은 기분일 것이다.

'갈굴 수도 없지.'

문제는 여기 있는 사람들은 최소 중위나 대위로 임관한다
는 것이고, 그 특성상 다른 곳에서 만나면 한 방에 훅 보낼 수
있는 직업을 가진 분들이니 갈구는 것도 쉽지 않다는 것이다.

　　"77번 후보생."

　　노형진은 그 줄 앞에 섰다. 그러고는 능숙하게 줄에 매달
렸다.

　　"오호?"

　　다른 사람들은 허우적거리면서 물에 빠지거나 아니면 대
롱대롱 매달려서 건너갔는데 그는 능숙하게 움직인 것이다.

　　"해 본 적 있습니까?"

　　"없습니다."

　　'없기는 개뿔. 나, 군필이다. 그리고 조교 출신이거든?'

　　각과 폭이 살아 있는 그의 포즈에 조교들은 놀라는 표정이
되었다. 하긴, 스무 살밖에 안 되었는데 임관하러 왔다는 것
도 놀라운 일이기는 하지만.

　　"77번 후보생, 도하 완료."

　　그가 정자세를 하자 그걸 바라보던 훈련병들은 자신도 모
르게 손뼉을 칠 수밖에 없었다.

⚖

　　"어디 학원 갔다 왔냐?"

이것이 법이다

"학원요?"

"군대 학원이라든가."

"그딴 게 어디 있어요?"

"하긴."

스물여덟 살 먹은 군의관 지망생은 고개를 흔들었다.

"운동 좀 할걸."

"시간이나 있었구요?"

"그렇긴 하네."

인턴 시절이나 사법연수원 시절에 운동할 시간이 있을 리가 없다. 그저 잠이나 잘 수 있으면 행복할 뿐.

"그나저나 소문이 자자했던 사람이 너구나."

"헤헤헤."

대한민국을 뒤흔들었던 최연소 변호사. 관심 없는 사람들이야 모르겠지만 소위 상류층이라고 할 만한 사람들은 관심을 안 가질 수가 없었다.

"근데 바로 온 거야? 꿀 빨다가 올 줄 알았는데."

"꿀 빨다가 안 빨면 더 슬퍼요."

"네 말이 맞다."

군대에 안 갈 수는 없으니 애초에 군대를 갔다 와서 변호사 개업을 하는 게 나을 수도 있다.

'그리고 아무리 최연소라고 하지만 도리어 그게 약점일 수도 있고 말이지.'

최연소라고 하지만 반대로 말하면 경험 부족으로 보이기 쉽다. 그러니 자신에게 사건을 맡길 사람이 적을 수도 있다.

"그나저나 이거 언제까지 해야 하나?"

"이제 2주 지났습니다."

"아구구구…… 죽겠네."

"형님도 참."

비록 군대라곤 하지만 여기는 임관 동기끼리 있는 막사다. 더군다나 이들 스스로가 군인이라는 느낌보다는 전문직이라는 느낌이 강했기 때문에 대부분 자기들끼리는 반말을 사용하고 있었다. 물론 자대 배치가 끝나면 그럴 수는 없겠지만.

"그나저나 왜 판사가 아니라 변호사에 지원한 거야? 원래 성적순 아냐?"

일반적으로 사법연수원에서 판사와 검사, 변호사를 나누는 건 성적이다. 대우가 제일 좋은 판사, 권력에 강한 검사 그리고 자기가 일해야 하는 변호사. 당연히 성적이 좋으면 판사를 지원하고 그다음 성적이면 검사에 지원한다. 변호사들은 그게 되지 못한 대부분의 사람들이었다.

"그냥요."

"그냥?"

"자신이 있다면 목숨을 걸 필요가 없잖아요."

판사와 검사를 하는 이유? 간단하다. 뇌물 때문이다. 그 자리에만 있다면 막대한 뇌물이 들어온다. 그리고 그만두고 나가도 변호사를 개업하면 그만이다. 도리어 판사와 검사를 하고 나가면 전관예우를 확실하게 챙겨 준다. 정부에서는 전관 따위는 없다고 말하지만 없을 리가 없다. 죄다 동기에 선후배이니 말이다.

"실력에는 자신 있다?"

"그럼요."

"대단하네."

"형님만 한가요?"

"내가 뭘?"

"소문이 파다하던데요. 한국에 세 명뿐인 전문의라고."

"야야, 전문의는 무슨, 레지던트 마치고 온 건데, 뭐."

"그래도 전문의 맞죠. 한국에서 세 명뿐인 총상 치료 가능 의사잖아요. 아니, 실력으로만 보면 톱이신가?"

"별것도 아니고."

"별게 아닌 게 아니죠. 군대인데 총상 전문의가 세 명이라는 게 말이나 됩니까?"

그는 전쟁 중인 다른 나라에 가서 의료봉사를 한 적이 있다. 그 덕분에 그는 총상에 대해서는 대한민국 그 누구보다 잘 알고 있었다. 대부분의 의사들은 총상을 본 적도 없고 있어도 오발 사고 수준인데 말이다.

"하아, 그러면 뭐하냐. 재수 없으면 장군님들한테 보약이나 지어 줘야 하는데."

"설마요."

"안 그럴 거라는 보장이 있냐?"

"형님은 한의사가 아니잖아요. 그거 형님이 하면 의사법 위반입니다."

"누가 변호사 아니랄까 봐."

피식 웃는 그였다.

"그나저나 3년은 어찌 보내나?"

"그래도 돈을 벌지 않습니까?"

"하긴."

법무관이나 군의관은 장교로 간다. 그러니 정부에서 정한 월급이 나온다.

'그 월급이 너무 작은 게 문제이긴 하지만.'

사실 법률 지식이 있는 법무관이나 군의관이 미치지 않고 서야 군인으로 말뚝을 박을 리가 없다. 그러다 보니 실력이 있는 장기 지원자가 없다. 이유는 간단하다. 법률상 군의관 이나 법무관은 다른 장교와는 다른 월급을 줘야 하지만 군대 에서는 그 관련 규정을 만들지 않는 방식으로 월급을 다른 장교들과 동일하게 주기 때문이다. 지원해서 일정 기간 훈련 하는 장교들과 최소 7년 이상 죽어라 공부해야 하는 전문가 들이 동일한 월급을 받으니 누가 장기 지원을 하겠는가?

'뭐, 나도 장기 지원을 할 생각은 없지만.'

장기 지원을 하게 되면 안정적으로 돈이야 나오겠지만 더러운 꼴을 많이 보게 된다. 군법무관으로 일한 적은 없지만 상식적으로 완전히 폐쇄되어 있는 군대가 어떤 지경일지는 누가 봐도 뻔한 일이었다.

"소등하겠습니다."

소등한다는 말에 노형진은 다시 자기 침대에 누웠다.

'아…… 빨리 지나가고 싶다.'

아무리 지금까지 미래를 위해서 모든 걸 포기하고 살았다지만 자신이 스스로 선택하는 것과 강제로 포기당하는 것은 그 대우가 다르다. 노형진은 그저 이 시간이 빨리 지나가길 바랄 뿐이었다. 이 나라의 모든 청년들이 꿈을 꾸듯이 말이다.

⚖️

"헉헉헉."

노형진은 땀을 뻘뻘 흘리고 있었다. 군대를 가면 누구나 한 번은 해야 하는 것. 피할 수 없는 그것. 바로 행군이다. 그리고 아무리 회귀 전 군대를 다녀온 노형진이라고 해도 각도나 행동이 아닌 단순한 체력전인 행군은 죽을 맛이었다.

"이게 무슨 짓이야, 21세기에 걷기라니."

"전쟁 나면 21세기가 어디 있냐. 그냥 전쟁이지."

"우리가 전쟁터에 갈 보직은 아니잖아?"

"전쟁 나면 보장은 없어."

"잘났다."

투덜거리는 다른 사람들을 보면서 형진은 솔직히 그들이 부러웠다. 최소한 그들은 투덜거릴 체력도 있으니 말이다.

"10분간 휴식."

"휴식!"

말이 끝나기가 무섭게 그대로 주저앉는 사람들.

"탈모."

그 말에 다들 철모를 벗었다. 그러자 머리에서 김이 훅 나가는 느낌이었다.

"이게 뭔 짓이냐."

형진은 입에 물을 머금으면서 툴툴거렸다. 힘들 때 물을 들이켜면 안 된다. 그러면 쉽게 탈진한다. 하지만 그걸 모르는 몇몇은 마구 물을 들이켜고 있었다.

'저러다가 실려 가지.'

아마도 저 사람들은 행군 중반쯤에 탈진할 것이다. 재수 없으면 실려 갈 것이다. 여기 있는 사람 중 의사가 3분의 1이니 그 증상에 대해서 모를 리 없다.

'나도 확 마셔 버려?'

진짜로 물을 확 마셔 버릴까 하는 생각에 그는 심각하게 고민했다. 아무리 봄이라고 하지만 완전군장으로 행군하는 게 쉬운 것은 아니기 때문이다.

"착모."

"아아…… 또 시작이다."

형진이 자리에서 일어날 때였다. 한 조교가 그에게 다가왔다.

"노형진 훈련병."

"훈련병 노형진!"

"열외."

"네?"

"열외!"

"네, 열외!"

엉겁결에 그에게 끌려가는 노형진. 조교는 그를 데리고 어디론가 향했고 그곳에서 한 남자를 만났다.

"충성!"

"충성."

나이가 지긋해 보이는 남자는 그를 보더니만 고개를 끄덕거렸고 조교와 기다리고 있던 장교는 바깥으로 나갔다.

"들어오게나."

"충성, 훈련병 노형진!"

"아, 자잘한 인사는 필요 없네. 어차피 장교가 될 몸 아닌가?"

준장의 마크를 달고 있는 그는 손짓으로 불렀고 노형진은 우물쭈물 차에 탔다.

"출발하겠습니다."

운전병이 차를 운전하기 시작하자 흐르는 침묵.

'도대체 왜?'

분명 자신을 부른 건 이 사람이 맞다. 자신이 왔을 때 놀란 것도 아니고 당연하다는 듯 차에 태웠다. 그런데 왜 자신을 불렀을까?

"놀랐나?"

"솔직히 그렇습니다."

자신은 임관 예정자라고 하지만 아직 훈련병이다. 하지만 이 사람은 준장이다. 자신과 전혀 접점이 없는 사람이라는 뜻이다.

"문제가 생겼는데 조언을 좀 받고 싶어서 말이야."

"조언이라고 하시면?"

"당연히 법률적인 조언이지."

"하지만 여기에는 변호사가 많습니다."

자신처럼 사법연수원이 끝나자마자 온 사람도 있지만 실제로 변호사 생활을 하다가 온 사람도 있다. 그런 사람을 제쳐두고 왜 이제 막 사법연수원을 졸업한 자신을 부른 것일까?

"친구가 추천해 주더군."

"친구요?"

"허 변호사 말일세."

"허 변호사님요?"

새론의 대표 변호사 중 한 명이다. 그가 왜 자신을 추천해 준 것일까?

"실무에 관해서는 자네가 자기보다 낫다면서 말이야."

이것이 법이다

"그런데 어떤 일이기에……."

"별거 아닐세. 내가 세금 문제가 조금 있어서 말이야."

"세금 문제?"

"그래."

그 말에 노형진은 안도의 한숨을 내쉬었다. 설마 무슨 비리 같은 것에 대해서 이야기하는 건 아닌지 잔뜩 긴장했는데, 세금 문제라면 얼마든지 해결해 줄 수 있는 일이기 때문이다.

'탈세가 아니라 절세지.'

정부에서는 탈세라고 말하지만 엄밀하게 말하면 절세다. 탈세는 세금을 안 내는 것이고 절세는 법적으로 세금을 깎는 것이니 전혀 다르다. 돈을 안 내는 건 똑같지만.

"내가 이번에 재개발로 돈을 좀 받았는데 세금 문제가 있네. 그걸 자식한테 주고 싶거든."

"세금이 많은 걸로 알고 있습니다."

"그렇더군."

상속세는 생각보다 많다. 말로는 부의 평등을 위해서라고 하지만 사실 진짜 부자들은 그 상속세를 내지 않는다. 왜냐하면 합법적으로 절세하는 방법이 있으니까. 그걸 내는 사람은 잘 모르는 사람일 뿐이다.

"그래서 세무사를 좀 알아봤는데 호되게 부르더군."

'당연하지.'

세무사까지 알아볼 정도면 상당히 많은 재산을 넘겨받는 다는 소리였다.

"친구한테 부탁하자니 자기는 세법 전문도 아니고 아무래 도 법무법인에 묶여 있는 처지라 도와주기 힘들다고 하더군. 도와주려면 정식으로 수임을 받아야 한다는 거지."

"알겠습니다."

결과적으로 세금을 내지 않고 재산을 상속받을 방법을 찾 고 싶은데 그 비용이 만만치 않다는 것이다. 하긴, 이런 재산 상속에 관한 대리도 상당히 비싼 수임료를 요구한다.

"그래서 도와줄 수 있나? 도와주면 내 편의를 봐주지."

'흠.'

형진은 고민했다. 변호사가 되면 싸구려 취급은 안 받을 거라 생각했는데 여전히 싸구려 취급이다. 수억짜리 사건을 날로 알려 달라고 하니.

"주시려고 하는 재산이 얼마나 되는지 알고 싶습니다."

"세금 빼고 30억쯤 되네."

'적지는 않네.'

세금 빼고 30억이라면 상당히 큰돈이다.

'편의라.'

무시해도 되기는 한다. 하지만 여기는 군대다. 3사관학교 에서 준장을 하고 있을 정도면 낮은 계급은 아니다. 아마도 무난하게 별을 달 가능성이 높다.

'괜히 꼬이고 싶은 생각은 없지.'

노형진은 좋게 생각하기로 했다. 일단 자신이 편해지는 게 목표.

"그럼 저도 부탁드려도 되겠습니까?"

"가능한 부탁이라면."

그 역시도 이런 걸 날로 먹을 생각은 없었는지라 고개를 끄덕거렸다. 더군다나 말은 안 했지만 친구인 허 변호사는 그가 사회에 나오면 큰일을 할 사람이라며 친해지라고 했다.

"검찰관으로 배당될 수 있도록 힘을 써 주십시오."

"검찰관? 판사가 아니고?"

군사법원이라고 해서 다른 건 없다. 누군가는 판사를, 누군가는 검사를, 누군가는 변호사를 해야 한다. 그리고 당연히 끗발이 좋은 건 판사, 검사, 변호사 순이다. 그런데 검사라니?

"자네 성적으로는 무난하게 판사가 될 수 있는데?"

"그냥 한번 해 보고 싶습니다."

노형진이 봤을 때 판사는 사건에 접근하기가 쉽지 않다. 진실을 보기 힘들다. 왜냐하면 판사는 누군가 조사해 준 걸 보기만 할 뿐이기 때문이다. 물론 노형진의 꿈은 변호사다. 하지만 이곳은 군대다. 사회가 아니다.

'군대가 더러운 건 하루 이틀 일도 아니니.'

원래 계급사회인 군대에서 대부분의 사건, 즉 99%의 사건은 상위 계급이 벌인다. 하위 계급이 일으키는 사건은 기껏해야 탈영이나 하극상 정도. 그리고 변호사는 그런 가해자들을 지키는 역할을 한다.

'내가 미쳤다고 그 짓을 하냐?'

민간이라면 모르지만 군대에서는 대부분 그런 가해자들이 실제로 저지른 일이다. 그리고 대부분 무마된다. 군대이기 때문이다.

'돈이 생기는 것도 아니고 말이야.'

변호사의 미덕은 승리다. 하지만 승리하는 것과 나쁜 놈인 걸 뻔하게 알면서 변호하는 건 전혀 다른 문제다. 일을 담당하게 되면 승리하기 위해서 싸우겠지만 그걸 담당하게 되는 걸 선택하는 건 자유라는 소리다. 문제는 군대에는 자유가 없다는 것. 뻔하게 나쁜 놈을 변호하고 싶지는 않다. 더군다나 돈도 안 생기는데 말이다.

'그리고 경험도 나쁘지 않지.'

어차피 자신은 사회에 나가면 변호사의 길을 선택할 것이다. 즉, 이번이 아니면 검사로서의 삶을 살아 볼 기회가 없는 것이다.

"뭐, 어렵지 않은 부탁이군."

그 정도 부탁은 얼마든지 들어줄 수 있다. 판사가 되게끔 해 달라는 것도 아니고 검사가 되게 해 달라는 것이니 말이다.

"그럼 방법을 말해 주겠나?"

"시간을 주십시오. 저도 세법을 좀 봐야 해서 말입니다."

⚖️

"세금이 생각보다 많기는 한데."

노형진은 세금을 피할 수 있는 방법을 생각하기 시작했다.

'이건 생각보다 골 때리는데?'

사건에 대해 제대로 듣고 보니 실제로는 문제가 더 많았다. 단순히 자식이 넘겨받는 거라 생각했는데 그게 아니었던 것이다. 그의 아버지가 돌아가시면서 남긴 땅이 있었는데 그걸 상속받고 신경을 안 쓰고 있었단다. 그런데 얼마 전 그곳이 재개발되면서 무려 30억이라는 돈이 생긴 것이다. 문제는 준장 본인은 그걸 받을 생각이 없다는 것이다. 자신이 받아 봐야 어차피 군인이라 돈이 많이 필요한 것도 아니고 연금이 넉넉하게 나오니 쓸데가 없기 때문이다. 물론 받는다고 문제가 되는 건 아니지만. 문제는 와이프였다.

"골 때리네."

준장의 부탁은 간단했다. 자신의 아들이 재산이 넘겨받을 수 있게 해 달라는 것. 그리고 거기서 아내는 빼 달라는 것. 아내와 이혼소송 중이기 때문이다. 그 재산 형성에 기여한 것도 아니고 그 땅을 물려받은 건 자신인데 같이 살았다는 이유로 절반을 내줘야 한다는 건 억울하다는 것이다. 더군다나 이

혼 사유가 그녀의 낭비벽 때문이라 더더욱 주기 싫단다.

"방법이 없나?"

"아, 준장님."

"자네라면 방법이 있을 거라던데?"

"그게…… 쉽지가 않네요."

최근에 물려받은 거라면 문제가 안 된다. 문제는 아버지에게서 그 땅을 물려받은 지 좀 된다는 것이다. 즉, 법적으로도 그 유지에 대한 지분을 보장하는 시점을 넘어서 버린 것이다. 사실 그녀는 그걸 유지하기는커녕 팔자고 난리를 피워 왔단다.

문제는 이혼소송 중이기 때문에 법적으로는 부부라 아내는 그 30억의 절반을 요구하고 있다. 그렇게 되면 남은 것은 15억. 그중 세무사나 변호사에게 1억은 줘야 한다. 그럼 남은 건 14억 정도인데 그걸 가지고 가고 다시 아들에게 넘어가려면 다시 세금을 떼어 가니 고작 8억 정도만 남는 셈이 된다.

'나 같아도 돌아 버릴 지경이겠네.'

부모님이 이룩한 재산을 전혀 엉뚱한 놈들이 다 뜯어먹고 정작 혈육에게는 4분의 1 수준만 간다고 하니 억울하지 않으면 그게 이상한 거다. 30억 중에 8억이라니.

"〈쇼생크 탈출〉이라는 영화도 봤지만……."

"그건 옛날 방식입니다. 지금은 안 통합니다."

"그래?"

"네, 그리고 준장님의 아내가 믿을 만한 사람은 아니잖습니까?"

"그건 그렇지."

〈쇼생크 탈출〉이라는 영화에서 주인공은 재산을 상속하는 방법을 알려 줘서 교도소장과 친해진다. 그리고 그렇게 탈출 방법을 찾는다.

"아드님이라……."

형진은 곰곰이 생각에 잠겼다. 자신이 할 수 있는 방법. 자신이 할 수 있는…….

"방법이 없는 건 아닙니다."

"아니다?"

"네, 하지만 믿을 만한 사람이 필요합니다."

"믿을 만한 사람이라니?"

"재벌가에서 어떻게 재산을 상속하겠습니까? 믿을 만한 사람이 있으니까 가능한 겁니다. 만일 중간에서 장난치라고 사이에 끼워 넣었는데 그걸 입 싹 닦고 모른 척해 버리면 곤란하지 않습니까?"

"그렇군."

재벌들은 믿을 만한 사람을 구하는 게 어렵지 않다. 돈을 줘도 되고, 필요하면 가족을 인질 삼아도 된다. 재벌인 회장이 입만 뻥끗하면 온 가족이 죽는 것이다. 하지만 준장이다.

군인이니 민간인에게 손대는 건 큰 문제가 된다.

"믿을 만한 사람이 있다면 가능한 건가?"

"네, 하지만 그 사람은 군인이어서는 안 됩니다. 공무원도 안 되고 말입니다."

"음, 알겠네."

얼마 후 노형진은 준장의 집무실에 한 남자를 만났다.

"이분은?"

"우리 아버지 아래에서 일을 도와주시던 분일세."

"반갑습니다."

"노형진이라고 합니다."

노형진은 무심결에 그와 악수하다가 얼굴을 찌푸렸다.

"그래, 방법이 있나?"

"그게 말입니다. 사실은 그 후에 검토해 보니 심각한 문제가 있습니다."

"문제라니?"

"그 방법을 쓸 수가 없습니다."

그 말에 당황하는 표정이 되는 준장. 분명 방법이 있다고 해서 힘들게 청해서 여기까지 오게 한 것인데 말이다.

"크흠."

대번에 기분 나쁜 얼굴이 되는 준장. 노형진은 미안한 듯 고개를 푹 숙였다.

"죄송합니다."

"아닐세."

아니라고 하지만 상당히 기분 나쁜 표정이 역력한 그였다.

"이만 나가 보게."

노형진은 나가면서 고개를 돌렸다. 웃고 있는 남자. 그는 아쉽다는 듯 말을 꺼냈고 준장은 그와 대화하기 시작했다.

'바보 같으니라고.'

법률계에는 3대 호구가 있다. 군인, 공무원, 선생님. 이들은 평생 분쟁도 없고 경쟁도 없는 곳에서 편하게 대접받으면서 살다 나오기 때문에 정년퇴직을 하는 순간 사기꾼들이 달라붙기 때문이다.

"상병님."

"네?"

노형진은 나가다가 당번병을 바라보았다. 그는 상병 계급장을 달고 있었다.

"나중에 저 좀 다시 불러 달라고 하십시오."

"다시 말입니까?"

"네."

계급 차가 있기는 하지만 매일같이 보다 보니 당번병과는 어느 정도 친밀해진 상태였다. 그러니 그가 이런 말을 전한다고 해도 어려운 건 아니다.

"하지만……."

분명 준장이 화내는 걸 상병도 봤다. 그런 상황이라면 그
도 말하기 쉽지는 않을 것이다.

"이유가 있어서 그런 겁니다. 말 잘하시면 나중에 포상 휴
가라도 나올 겁니다."

"포상 휴가라……."

상병은 입맛을 다셨다. 확실히 말을 전한다고 해서 크게
잘못될 건 없다.

"알겠습니다, 후보생님."

"부탁드립니다."

"뭐라고?"

상병이 제대로 말을 전해 준 건지 준장은 형진을 다시 불
렀다. 그리고 형진은 그를 만나서 말을 계속했다.

"그는 억울해하고 있습니다."

"뭐가 억울해? 그는 평생 아버지를 도와서 일한 사람이라고."

그의 충성심이라면 믿을 수 있는 사람이라고 생각했다. 그
런데 도리어 그 때문에 안 된단다.

"그의 충성의 대상은 준장님이 아니라 준장님의 아버님입니

다. 그리고 그 재산의 일부분은 자신이 이룩한 거라 생각하고 있습니다. 만일 그가 사이에 낀다면 먹고 튀어 버릴 겁니다."

"으음……."

맞는 말이다. 함께 일한 건 아버지이지, 자신이 아니다.

"여기서는 준장님이 존경받지만 외부에서는 아닙니다."

"그렇군."

군인이 호구인 이유가 이것이다. 군대 내에서는 장교라는 이유로 대접받는다. 그러니 상대방이 딴마음을 품는지 눈치채지 못하는 것이다.

"자네는 그걸 어떻게 아나?"

"행동심리학이라고 아십니까?"

"행동심리학?"

"미국 FBI에서 쓰는 방법입니다. 사람은 감정을 말할 때 자신이 통제할 수 없는 부분이 반응합니다. 가령 거짓말할 때 눈꼬리가 올라가거나 하는 식으로 말입니다."

"그래서?"

"저는 그걸 배웠습니다. 그는 말로는 준장님에게 친한 척하지만 여러 가지 행동에서 증오가 보이더군요."

"끄응."

물론 반은 맞고 반은 틀리다. 형진이 미국에서 변호사 활동을 할 때 그걸 배운 것은 맞다. 그리고 그 지식도 가지고 있다. 하지만 그걸 실전에 투입하기에는 살짝 부족하다. 하지만 그에게는 그걸 보완할 방법이 있다. 바로 사이코메트리. 악수하는 순간 읽은 그의 기억은 증오로 가득했다.

"그럼 누구를……."

"혹시 가정부 있습니까?"

"가정부?"

"준장님의 아버님이 혼자 사셨다면 가정부가 있었을 것 같은데요."

"아, 있기야 있지."

어머니는 일찍 돌아가셨지만 아버지는 재혼하지 않았다. 그래서 모시고 살았는데, 자신이 군인이 되고 난 후에는 그렇게 할 수가 없으니 가정부 한 명이 상주하면서 그의 생활을 도와 드리도록 했던 것이다.

"그분이라면 될지도 모르겠네요."

"가정부가? 왜? 하지만 그 사람은 아무것도 모르는데?"

"그래서 더 가능한 겁니다. 모르니까 잔머리를 못 쓰죠."

"음."

"한번 찾아보세요."

"알았네."

⚖️

가정부를 찾는 건 어렵지 않았다. 만일의 사태에 대비해서 핸드폰 번호를 알고 있었던 것이다. 그리고 그 가정부를 만났을 때 노형진은 믿을 만하다는 생각을 했다.

'그래.'

오래 가정부로 일하다 보니 나이가 있어서 다른 곳에 취업하기도 힘들다. 더군다나 두 아들이 동시에 대학에 가면서 등록금 때문에 죽을 맛이었다. 더군다나 두 아들은 얼마 후면 군대까지 간다.

"제가 봤을 때는 몇 가지 조건만 달아 주시면 우리의 부탁을 들어줄 겁니다."

"조건?"

"장군님이 고용을 승계해 주시는 겁니다. 어차피 이혼하시면 한 명은 고용해야 하지 않습니까?"

"그건 그렇지."

큰일이 없다면 자신은 내년쯤에는 준장으로 승진해서 영전할 것이다. 그럼 제법 큰 집을 배당받을 텐데 혼자 살기에는 너무 크다.

"그리고 두 아들의 편의를 봐주겠다고 하십시오."

"군대를 빼 달라는 건가? 그건 좀……."

"아닙니다. 두 아들을 장군님의 휘하 부대로 빼내는 겁니다."

"아!"

어머니란 존재는 언제나 한결같다. 아들이 군대라는 조직에 가면 눈물로 밤을 새우기 마련이다. 더군다나 쌍둥이가 동시에 입대하면 더 그럴 것이다.

"군대에서 빼는 것도 아니고 소속만 바꾸는 건 어렵지 않다고 알고 있습니다."

"그렇지."

딱히 병역 비리는 아니다. 일단 군대에는 가는 것이니까.

"가정부 아주머니의 입장에서는 아들과 가까운 곳에서 일하니 장군님이 편의를 봐주시면 주말에 면회하러 오기가 쉬울 겁니다."

"그렇겠군."

아무리 자신이 장군이니 어쩌니 하지만 차려진 밥을 챙겨 먹지 못할 정도는 아니다. 주말에 밥해 놓고 가면 냉장고에서 반찬을 꺼내서 챙겨 먹는 건 어렵지 않다.

"그리고 가정부 아주머니의 아들들도, 장군님이 돌봐 주는 것은 아니지만 장군님 아래에서 일하는 가정부의 아들이니 폭행이나 그런 것에서 보호받게 될 겁니다."

"그렇겠군."

그들이 어머니한테 말하는 순간 부대를 지휘하는 장군에게 들어갈 테고 그때는 볼 것도 없이 위에서부터 깨지면서 내려올 것이다. 모든 장교들이 제일 무서워하는 게 이것이다. 위에서 기침하면 아래에서는 폭풍이 부니 말이다.

"그리고 2년 동안 장군님은 합법적으로 인질 비슷하게 데리고 있는 셈이 됩니다. 2년이면 상속 문제는 해결되니까요."

"오!"

가장 큰 문제인 믿음. 그게 한 방에 해결되는 것이다. 2년이면 상속이 끝난다. 그리고 아줌마의 아들들은 2년간 편한 군 생활을 보장받는다.

"역시 허 변호사가 자네를 추천한 데에는 이유가 있었구만!"

믿음. 그걸 해결하기 힘들었는데 아들을 휘하에 두는 것만으로 한 방에 해결한 것이다. 그동안 아줌마는 절대로 그를 배신하지 않을 것이다.

"그래, 그렇게 하도록 하겠네. 그럼 방법을 말해 주게."

"방법은 간단합니다."

노형진은 준장에게 말해서 아줌마의 이름으로 기업을 하나 설립하게 한 뒤, 거기에 준장이 넘겨받은 30억을 투자했다. 그리고 그 기업으로 그 돈을 몽땅 금에 투자한 다음, 그 금을 비밀 장소에 감춰 놨다. 워낙 철저하게 감춰서 그곳을 아는 사람은 준장과 그 아들뿐이었다. 그러고는 그 기업에 아들을 입사시켰다.

"이제 된 건가?"

"네."

그게 끝이었다. 딱히 뭐가 있는 것도 아니고 그저 그게 끝이었다.

"무척 어렵다고 생각했는데…… 이게 끝이라고?"

"세법만 적용하면 그렇습니다. 하지만 소유권에 관한 법률과 분실물에 관한 법률 등을 적용하면 쉬워지죠."

"그게 왜 쉬워지지?"

"다른 방법이 있으니까요."

세무사나 세법 변호사는 자신들이 아는 세법만 적용한다. 그렇기 때문에 '세금=세법'이라고 생각한다. 하지만 편법은 존재하는 법.

"아드님을 직원으로 등재해 놨으니 아드님에게 월급을 줘야 합니다. 그러나 안 주면 됩니다. 아드님은 직원으로서 압류 권한이 있으니 1년쯤 지난 후에 퇴직하시고, 감춰진 장소에 압류를 걸면 됩니다. 그렇게 압류가 끝나고 난 후에는 회사를 날려 버리시면 되구요."

"그럼?"

"그 후에는 일사천리죠. 민법에 따르면 소유권이 바뀐 이후에 그 안에서 발견된 물건의 소유권은 현 소유자에게 넘어간 것이 됩니다. 그 장소는 법인이 소유한 상태에서 법인이 사라지면 그에 대해서 항의할 사람이 없어지죠. 아주머니는 그저 명의자였을 뿐이니까요. 결과적으로 투자자의 손실로 기록됩니다."

"허…… 그럼?"

"네, 공식적으로는 30억은 사업 실패로 증발한 겁니다. 준 장님은 사업을 실패한 것뿐이구요."

"하지만 내 아들이잖아? 그냥 나중에 팔면 안 되나?"

"그러려면 아드님이 그 회사에 채권을 가지고 있어야 하는데 아드님이 지금 돈이 없으니 문제가 됩니다. 당연히 다른 채권보다 우선하는 채권을 소유해야 합니다. 그것이 바로 근로자의 임금입니다. 최우선변제 채권이죠, 법률적으로."

"그럼…… 그걸 압류하고 난 후에…… 그걸 꺼내면?"

"준장님은 30억을 손실하셨지만 회사가 사라졌으니 권한이 없습니다. 투자란 손실을 감안하는 행동이니까요. 아주머니는 그저 명의자이자 운영자일 뿐 최대 주주가 아니었으니 당연히 권한이 없죠. 회사, 즉 법인도 사라졌으니 권한이 없습니다."

"그럼 아들이 그냥 주운 셈이군."

"네, 합법적으로 압류한 땅에서 말입니다."

"기가 막히군."

그냥 돈으로 주면 나중에 문제가 생긴다. 하지만 합법적으로 압류한 땅에서 금괴가 나왔으니 누가 뭐라고 하겠는가?

'눈 가리고 아웅 하는 거지.'

물론 모를 리가 없다. 심증은 갈 것이다. 하지만 물증이 없다. 대한민국은 성문법 국가다. 즉, 법률로 정해지지 않았으면 나쁜 짓이라 해도 처벌하지 못한다는 것이다. 그리고 이건 법률에서 대처하지 못한 방식이다.

"대단하군."

세무사들은 이걸 하는 데 1억을 달라고 했다. 변호사들은

2억을 달라고 했다. 그런데 노형진은 한 번에 이 모든 걸 해결한 것이다.

"허 변호사가 자네를 극찬한 이유가 있었군."

"별말씀을요."

"아닐세. 자네를 꼭 유심히 보라고 하더군."

매년 수많은 법무관 지원자들이 이곳에서 훈련받는다. 하지만 노형진처럼 법률에 대한 식견이 있으면서 그걸 가지고 노는 사람은 처음 봤다. 보통 자기 전공법만 생각하는데, 노형진은 수많은 법들의 허점을 연결해서 구멍을 만들어 내는 것이다.

"자네를 팍팍 밀어주겠네."

"별말씀을요."

노형진은 이제 군 생활이 폈다고 생각하면서 미소를 지었다.

관심 병사? 관심 장교!

　준장이 힘써 준 덕분에 노형진은 계획대로 검찰관이 되었다.
　"내 첫 사무실이라는 건가?"
　비록 군인으로서 배정받은 곳이라곤 하지만 첫 사무실을
바라보는 노형진은 왠지 감개무량했다.
　"그나저나 어떤 사건이 오려나?"
　드디어 제대로 된 법조인으로서의 업무를 할 수 있게 된
것이다. 지금까지는 신분상 드러내지 않고 도와줄 수밖에 없
었다. 세금 문제도 엄밀하게 말하면 탈세이니 대놓고 말할
것은 아니다.
　"충성."
　"충성."

안으로 들어가자 여군 하사관 한 명이 그에게 경례를 붙였다. 그리고 두 사람은 표정이 묘해졌다.

"어흠."

그도 그럴 것이, 계급에서는 노형진이 중위로 중사인 하사관보다 위지만, 나이와 짬밥에서는 여군 하사관이 위이기 때문이다.

"반갑습니다. 노형진입니다."

"아, 네, 윤보미입니다."

실질적으로 계급이 위라고 해서 장교들이 하사관에게 반말할 수 있는 건 아니다. 그건 행정적인 문제일 뿐이지, 대부분 하사관과 장교는 전혀 다른 이원화된 계급으로 취급하는 것이 일선의 규정이다. 단순 계급으로 보면 막 임관한 소위가 30년 근무한 원사나 준위보다 높지만, 전쟁이 터졌을 때 병사들이 누굴 따를지는 뻔하기 때문이다.

"잘 부탁드립니다."

"네? 저야말로."

윤보미는 깜짝 놀랐다. 보통 임관하면 가장 많이 하는 실수가 자신에게 반말하는 거다. 그리고 보통 그런 경우, 상급 장교에게 가서 한마디 듣는다. 왜냐하면 실무는 하사관들이 하기 때문이다. 실제로 육사를 처음 졸업한 소위가 자대 배치 후 연대장과 친구 먹는 원사에게 이놈 저놈 하다가 연대장에게 쪼인트 까인 사건도 있을 만큼 멋모르는 신입들이 많다.

"들으셨겠지만 저보다 누님이시고 실무 경험도 많으니 많은 지도 편달 부탁드립니다. 저도 제 책임을 다하도록 하겠습니다."

"네."

윤보미는 그 말을 듣고 미소 지었다.

'제법이네?'

그냥 인사치레 같지만 절묘한 말이었다. 실무에 대해서는 인정하고 존중하지만 자기가 결정권자라는 점은 알아 달라는 사실을 기분 나쁘지 않게 잘 돌려서 말한 것이라는 걸 몇 년간 법무 보좌를 한 그녀가 모를 리가 없었다.

'기대되는걸.'

지난번에 일하다 나간 녀석은 진짜로 무능해서 패 죽여 버리고 싶었다. 그런데 이번에는 나이도 최연소라고 들었다. 자기 막냇동생뻘인 것이다. 그런데 벌써 기대되는 느낌이라니.

"혹시 배당된 사건이 있습니까?"

"있습니다."

"여기."

"○○사단 사건이군요."

사건 기록을 받아 든 노형진은 얼굴을 찌푸렸다.

"이게 뭡니까?"

"사건 기록입니다."

"근데 왜 이딴 식으로?"

"군대니까요."

'맞다. 군대였지.'

도무지 성의라고는 보이지 않는 조서와 증언서들.

'장난하나?'

군대 내 성추행 사건이다. 피해자는 이제 막 입대한 하사
관. 가해자는 소속 부대의 대령. 사건 기록에 따르면 하사관
과 대령은 근무시간이 아닌 때에 노래방에 가서 만났으며 그
과정에서 성추행이 벌어졌다는 건데.

"왜 이런 사건이…… 아니, 길들이기로군요."

"아십니까?"

"선배들에게 들었습니다."

길들이기. 그건 일종의 법무관 잡기였다. 군법무관들은 대
부분 사법연수원을 마치고 들어온다. 즉, 한창 정의감이 넘
칠 때라는 것이다. 그런데 폐쇄된 조직인 군대에서 사건이
커지는 건 좋은 게 아니다. 당연하게도 그들을 길들여서 절
대 사건을 키우지 않도록 만들어야 한다.

"빠르네요."

그때 쓰는 방법이 바로 이것이다. 상위 계급이 들어가 있는
사건을 배당하는 것이다. 막 군대에 들어온 입장이니 상위 계
급에게 막 대하지 못한다. 그리고 알아서 기게 되는 것이다.
여기에는 두 가지 이득이 있다. 첫째, 사건이 축소된다. 둘째,
처벌이 안 된다는 것이다. 가령 이런 사건을 예편, 얼마 안 남

은 놈에게 줘 버리면 그는 얼마 안 남았으니 막나가는 수가 있다. 그러면 사건이 커지는 것이다. 따라서 계급의 무서움을 알게 된 신입이 나중에 알아서 사건을 축소한다.

"하아."

아니나 다를까, 내용을 보아하니 사건을 덮기 위해서 온갖 장난질은 다 쳐 놓은 상태였다.

"윤 중사님."

"네?"

"이런 거 받으면 기분 나쁘시죠?"

"네?"

"군대잖아요."

그 말뜻을 알아차린 윤보미였다. 확실히 그녀는 군인치고는 상당한 미모를 가지고 있다. 아니, 단아한 정복이 그 미모를 더 돋보이게 하고 있다. 그러니 소위 장성이라는 작자들이 온갖 추파를 다 던진다. 그걸 안다는 뜻이다.

"좋지는 않습니다."

"뭐, 그렇겠지요."

당연하다는 듯 서류철을 자기 책상에 던지는 노형진이었다.

"가시죠."

"어디를요?"

"어디겠습니까? 피해자를 만나러 가야지요."

"피해자를요?"

"네."

"하지만 보통은 호출하는데……."

그 말에 형진은 피식 웃었다. 그는 보직이 검찰관일지언정 여전히 변호사의 영혼을 가지고 있었다.

"여기는 군대잖습니까, 하하하."

⚖

검찰관이 들이닥치자 부대가 발칵 뒤집혔다. 그리고 피해자를 찾자 더 크게 뒤집혔다.

"어디 보자…… 10분 줬으니까."

노형진은 시계를 봤다. 10분 안에 안 데려오면 각오하라고 으름장을 놨다.

"능숙하시군요."

윤보미 중사는 신기한 듯 바라봤다. 노형진이 이렇게 하는 이유는 간단하다. 자신이 호출하게 되면 그 명령은 부대를 통해서 전해진다. 그리고 그때까지 피해자에게는 온갖 압박이 다 들어온다. 군대에서 호출이란 조사를 위한 것이 아니라, 입을 닥치게 만드는 시간까지의 카운트다운인 셈이다.

"10분 끝. 깽판 치러 가 볼까?"

막나가려는 찰나, 문이 열리면서 한 여자가 엉겁결에 들어왔다.

"충성."
"충성."

당황한 여자의 얼굴. 하긴, 그럴 수밖에 없다. 검찰관이 부대까지 찾아온 유례가 없기 때문이다.

"자, 앉으십시오."

"네."

중대장실을 점거한 노형진은 자리를 권했고 그녀는 자리에 앉았다.

"윤 중사님, 부탁드립니다."

그 말에 윤보미 중사는 고개를 끄덕거리고 바깥으로 나갔고 주변에 있던 장교들과 병사들을 쫓아냈다. 완벽하게 둘만 남은 것이다.

"그럼 시작하죠."

형진은 가방에서 녹음기를 꺼내서 올려놨다.

"○○사단 성추행 사건. 오윤미 대 장갑수 사건. 1차 대화 녹음, 시작합니다."

제대로 하기 위해서 녹음기까지 자비로 준비했다. 이렇게 하면 나중에 위에서 증거를 조작한다고 해도 원본 녹음 파일이 있으니 문제없다.

"오윤미 님은 장갑수 대령을 아십니까?"

"네."

"그분을 만난 건 언제였지요?"

"⋯⋯."

말을 못 하는 그녀. 하긴, 성추행범과 피해자를 여전히 같은 조직에 두고 근무시키고 있으니 말할 수 있을 리가 없다.

"군대라는 조직에서 고발한다는 건 어떤 결과를 불러올지 알고 하신 거죠?"

"⋯⋯네."

한참 침묵을 지키던 그녀가 아랫입술을 지그시 깨물면서 대답했다. 내부 고발. 그건 시작도 하기 전에 자신의 군 생활이 끝났다는 뜻이다.

"각오하고 고발하셨으면 눈치 안 보셔도 됩니다. 어차피 그만두실 거잖아요."

"네?"

압력을 행사할 거라 생각했는데 도리어 반대되는 말이 나오자 그녀는 깜짝 놀랐다.

"어차피 그만둘 거, 막나가죠."

"저기⋯⋯ 검찰관님?"

"네?"

"그런 말씀 하셔도 됩니까?"

계급을 보니 중위다. 즉, 막 임관한 검찰관이라는 소리다.

"자기들이 어쩔 건데요. 장기 안 한다는데."

"하지만⋯⋯."

부내 내의 왕따 같은 것도 있다.

"괜찮습니다."

왕따라는 것도 그가 그 조직에서 적응하려고 노력하는데 안 될 때 절망감을 느끼게 해 주는 것이다. 하지만 형진은 이 조직에 적응하고 싶은 생각 따위는 없었다.

'내가 장교인데 자기들이 어쩔 거야?'

더군다나 공소권을 가진 검찰관이다. 누가 건드리면 기소해 버리면 그만이다. 결국 그들이 할 수 있는 건 소나 닭 보듯 하는 것뿐이다.

"걱정 마세요. 자, 이제 다시 시작하죠. 장갑수 대령을 언제 만났지요?"

"만난 건……."

그렇게 첫 번째 사건이 시작되었다.

⚖

"뭐?"

장갑수는 급하게 보고받고 깜짝 놀랐다.

"검찰관이 들이닥쳤어?"

"네, 대령님."

"왜?"

"모르겠습니다."

"젠장!"

안 그래도 어떻게 해서든 취하시키고 증언을 바꾸려고 별의별 방법을 다 쓰고 있었는데 검찰관이 들이닥치다니, 이게 무슨 소리란 말인가?

"그 녀석은 뭔데? 왜 출두 명령이 안 떨어진 거야?"

"모르겠습니다. 알아보니 이제 막 온 신참이라는데."

"신참? 이 새끼가 계급도 몰라보고 덤비는 모양이군."

장갑수는 이를 빠드득 갈았다. 안 그래도 좆도 모르는 하사관 한 년이 미쳐 날뛰어서 짜증 나 죽겠는데 이제는 검찰관이라는 녀석까지 그러다니.

"가자."

"네?"

"가자고. 그 녀석이 그년이랑 대화 중이라며?"

"네."

"가서 겁 좀 줘야지."

보통 검찰관은 권력이 강하다. 그래서 일반적으로 2계급 정도는 접어 준다. 즉, 중위면 소령급까지는 그를 대우해 준다는 것이다. 하지만 자신은 대령이다. 한참 위다.

"장 대령님! 잠시만요."

보고받고 부랴부랴 노형진이 있는 곳에 도착했을 때 노형진은 막 청취를 끝낸 상태였다.

"알겠습니다. 이 사건은 제가 담당하고 있으니 필요하시면 전화를……."

"너 이 새끼, 뭐야!"

마지막 인사를 하고 있는 와중에 들이닥치는 한 남자. 노형진은 그를 물끄러미 바라봤다.

"누구십니까?"

"나? 장갑수 대령이다. 너 이 새끼, 뭐 하는 새끼야?"

"반갑습니다. 노형진 중위입니다. 장갑수 대령님의 사건을 담당하고 있는 검찰관입니다."

"너 이 새끼, 누가 여기까지 오래?"

"무슨 말씀이신지?"

"누가 일선 부대까지 와서 지랄하래! 앙? 죽고 싶어?"

장갑수는 길길이 날뛰었다. 고작 중위 따위가 여기에 와서 조사질이라니.

"전 제 근무 규정에 근거하여······."

"근무 규정? 좆같은 소리 하고 자빠졌네. 너 이 새끼, 잘리고 이등병으로 다시 들어와야 정신 차리지? 네가 죽고 싶구나. 그래, 죽여 주마, 이 씨발 새끼야."

'하아······.'

노형진은 한숨을 쉬었다.

'돌겠네.'

군대란 여기저기 흩어질 수밖에 없다. 그리고 이곳에서의 대빵은 다름 아닌 그였다. 그러니 왕처럼 수년을 살아왔을 테고 이제는 이런 안하무인이 된 것이다.

"그만하시죠."

"뭘 그만해, 이 씨발 새끼야."

"전 검찰관이니 조사 권한이 있습니다."

"해서 올려 보냈잖아!"

"그건 너무 부실해서 말입니다. 보강 수사가 필요합니다."

장갑수는 짜증이 났다. 새로 온 놈들 중에 가끔 필요 이상으로 정의감 넘치는 놈들이 있다.

"이 새끼가 정말!"

겁을 주려고 다가가는 장갑수. 노형진이 조사한 것을 가지고 가게 둘 수는 없었다.

"야! 빼앗아!"

"네?"

뒤에 서 있던 병장은 깜짝 놀랐다.

"뭐 해! 저 새끼 가방을 빼앗으라고."

"연대장님?"

"내 말 안 들어? 죽을래? 이거 명령 불복종이야, 이 개새끼들아! 즉결 처분받고 싶어?"

장갑수가 길길이 날뛰자 엉거주춤하게 노형진을 포위하는 병사들. 그걸 보면서 노형진은 혀를 끌끌 찼다.

'부대가 개판이구만.'

덕이나 예가 아닌 공포. 소위 말하는 똥 군기로 지배하는 게 분명했다. 그러니 이런 식으로 움직이는 것이다.

이것이 법이다

"첫째, 일단 현행법상 즉결 처분은 인정되지 않습니다. 둘째, 전 법률에 의거, 합당한 조사를 한 것입니다. 만일 이 조사 자료를 강제로 빼앗는다면 현행법상 군사 자료 절취에 해당됩니다."

그 말에 다가오던 병사들은 움찔했다.

"이 새끼들아! 빼앗아!"

"셋째! 법률을 집행하는 검찰관이 업무에 관하여 방해 및 신체의 위협을 받고 있으므로 검찰관으로서 정식으로 헌병의 지원 요청을 하겠습니다. 헌병을 불러 주십시오."

마지막은 병사들이 아닌 장교들에게 하는 말이었다. 병사들이 헌병대의 전화번호를 알 리가 없으니까.

"……."

장교들은 아무 말도 하지 못하고 입을 쩍 벌렸다. 붙잡으라는 연대장. 헌병을 부르라는 검찰관. 두 명령이 상충하기 때문이다.

"이건 공식 요청입니다. 만일 거부할 경우, 그 책임을 져야 합니다."

"으으으……."

장교들이 가장 싫어하는 말. 바로 책임이다. 그들은 연대장과 검찰관 사이에서 갈팡질팡하기 시작했다.

"기록상 거부로 기록하겠습니다. 윤 중사님, 헌병대를 불러 주십시오. 업무방해 및 군사 자료 절취 시도를 당했다고 하시면 됩니다."

그 말에 핸드폰을 꺼내는 윤보미. 그걸 본 장갑수의 눈이 뒤집혔다.

"빼앗아! 뭐 해, 이 씨발 놈들아!"

그 말에 엉거주춤 그쪽으로 가는 사람들.

"손만 대 봐라. 여성 장교에 대한 성추행으로 몽땅 넣어버릴 거야."

장교들이 노형진의 말에 얼어붙은 상태에서 엉거주춤 윤보미 중사에게 다가가던 병사들도 얼어붙었다. 단순 성추행도 아니고 여성 하사관을 병사들이 성추행했다면 쉽게 넘어갈 일이 아니다.

"……."

"통신 보안."

윤보미의 목소리가 전화기 너머로 넘어가자, 장갑수는 눈을 찌푸릴 수밖에 없었다.

⚖️

결국 노형진은 헌병대의 보호를 받으면서 부대를 빠져나갔다. 그리고 그가 도착하자마자 그를 부르는 사람이 있었다.

"충성! 중위 노형진, 부름을 받고 왔습니다."

"앉게나."

그를 부른 사람은 다름 아닌 감찰부 부장이었다.

"자네, 무슨 짓을 한 건가?"

"무슨 짓이라니요?"

"왜 거기를 가서 조사해?"

"조사 장소는 검찰관이 선택할 수 있습니다만?"

"지금 상대방이 누군지 몰라서 그래?"

"압니다. 장갑수 대령. 군인으로서의 능력이 의심스럽더군요."

"이 멍청아! 그 사람, 경기도지사의 동생이야!"

"그래서요?"

"그래서라니? 지금 위에서 얼마나 전화가 오고 난리인 줄 알아?"

"그래서요?"

"뭐?"

"군검찰관의 기소권은 독점되어 있습니다. 그들이 기소하는 게 아니구요."

"그걸 지금 말이라고……. 여기는 군대야! 군대! 나라를 지키는 곳이라고!"

그 말에 노형진은 갑자기 피식 웃었다. 중학교 때 있었던 일이 생각난 것이다. 학교라며 학교에서 피해 아동이 아니라 강간범을 지키려고 했던 때가 말이다.

"나라를 지키는 곳이지, 강간범을 지키는 곳은 아닙니다."

"뭐?"

"오늘 조사해 보니 누락된 기록이 있더군요. 단순 성추행이 아니라 구강성교 시도까지 했던데 말입니다. 엄밀하게 말해서 이거 강간 미수입니다. 그런데 기록을 보니 성추행으로 조작해서 올려 보냈더군요."

"그……."

"공소를 바꾸도록 하겠습니다."

노형진이 직접 간 이유가 바로 이것이었다. 군대란 조직은 무척이나 폐쇄적이고 내부 고발자에게 가차 없다. 그런 걸 알면서 온 것일 게 뻔한데 고작 하사관이 대령을 상습도 아니고 한 번의 성추행으로 고발한다는 건 말도 안 된다고 생각한 것이다. 아나나 다를까, 술에 취한 장갑수는 오윤미 하사에게 구강성교를 명령했고 오 하사가 거부하자 뺨을 때린 것이다. 하지만 자신에게 온 조사 기록의 어디에도 구강성교를 명령했다는 내용은 없었다.

"너, 미친 거야?"

"아닙니다."

"근데 왜 일을 키워?"

"일을 키우는 게 아니라 일을 제대로 하는 겁니다."

"여기는 군대야!"

"네, 군대죠, 강간범 양성소가 아니라."

감찰부 부장은 얼굴이 새파랗게 질렸다. 제대로 된 꼴통이

들어왔다는 사실을 알아챈 것이다.

"전 일하러 가 보겠습니다."

"이, 이……."

부들부들 떠는 부장을 본 노형진은 피식 웃음이 나왔다.

"지랄하고 자빠졌네."

⚖

"이거 꼴통 중의 상 꼴통입니다."

"대책이 안 서요."

노형진의 행동에 감찰부는 발칵 뒤집혔다.

"말이 안 통합니까?"

"안 통합니다. 자기가 장기 복무도 생각 안 하니 막나가나 봅니다."

"젠장."

어디나 그렇지만 꼴통이 있으면 피곤할 수밖에 없다. 더군 다나 여기는 감찰부다. 다시 말해서 여기서 일하는 놈들은 법에 대해서 좀, 아니 많이 아는 놈들인 것이다.

"자를 수도 없고."

직장이 아니라 의무다. 자기들의 마음에 안 든다고 자를 수 있는 곳이 아닌 것이다.

"어디서 저런 상 꼴통이……."

길들이기 위해서 좀 많이 부담스러운 사건을 줬는데 도리어 천적 같은 놈이 걸린 것이다.

"어떻게 방법이 없을까요?"

"끙…… 일단은 두고 보는 수밖에 없겠습니다."

공소권은 그가 가지고 있으니 그들이 할 수 있는 것은 없었다.

"노 중위님."

"네?"

"소문 들으셨어요?"

"제가 소문을 들을 상황입니까?"

'하긴.'

소문이란 친한 사람들의 입으로 듣는 거다. 그런데 시작과 동시에 핵폭탄을 터트려 놨으니 누가 그와 친해지려고 하겠는가?

'그걸 모르지는 않을 텐데.'

그런데도 노형진은 여전히 똑같이 웃고 떠들고 있었다. 아예 이 세계와는 관련 없는 사람인 것처럼 말이다.

"뭐, 뻔하죠. 꼴통 하나 들어왔다고 난리겠지요."

"아시네요?"

"달리 할 말이 더 있겠습니까?"

"그런데 진짜로 그냥 계속하실 생각입니까?"

"할 겁니다."

상대방이 누구든 법은 언제나 공정해야 한다. 변호사의 덕목이 승리라면 검사의 덕목은 정의인 것이다.

"하지만……."

상대가 너무 안 좋다. 육사 출신의 대령에, 현직 경기도지사의 동생.

"상관없습니다."

노형진은 피식 웃었다.

"그나저나 구속 신청은 어떻게 되어 갑니까?"

"그게……."

"하긴, 기대도 안 했습니다."

그 당시 녹음된 자료와 장갑수의 행동을 기반으로 구속영장을 신청했지만 아니나 다를까, 구속영장이 나오지 않았다. 형진은 그다지 실망하지 않았다. 그것쯤은 예상하고 있었기 때문이다.

"죄송합니다."

"에이, 윤 중사님이 죄송할 건 없죠."

구속시키지 않는 건 판사의 판단이다.

'특단의 대책을 세워야 하는데.'

결국 변호사가 아무리 잘나도, 검사가 아무리 잘 써도 판단하는 건 판사다. 그리고 군대라는 특성상, 판사가 그에게 처벌을 내릴 가능성은 없다고 봐도 무방하다.

'어떻게든 해야 하는데.'

대부분의 사람들이 나가면 판사나 검사를 하려고 한다. 그러려면 정치권과 선이 닿아야 하는데 그런 상황에서 그를 처벌할 리가 없다.

'하는 짓거리를 봐서는 처음도 아닌 것 같고 말이다.'

아무리 술에 취했다고 하지만 노래방에서 오럴 섹스를 강요한다는 것 자체가 한두 번 해 본 솜씨가 아니라는 뜻이다.

'그나저나 이런 식이면 내가 좀 불리한데.'

바깥의 판사들은 많이 타락했다 하더라도 외부적으로는 중립의 의무를 지키려고 노력하는 것처럼 보인다. 하지만 이곳은 그게 아니다. 위에서 덮어라 하면 덮는 수밖에 없다. 그러니 아무리 자신이 완벽하게 조서와 증거를 완성해서 내민다고 한들 판사가 무죄를 내려 버리면 끝이다.

'일단은 최선을 다해야지. 안 되면……'

안 된다면 다른 방식이 있긴 하지만, 그 방법까지 쓰고 싶진 않은 노형진이었다.

⚖

"이름."

"씨발 놈의 새끼."

"나이."

"십팔 새끼."

정식으로 조사를 시작하자 장갑수는 노형진을 바라보았다. 그를 도발하기 위해서 욕했지만 노형진이 그딴 도발에 당할 리가 없었다.

"자, 그럼 씨발 놈의 새끼 님, 씨발 놈의 새끼 님께서는 ○○월 ○○일 ○○노래방에서 여군 하사인 오윤미 씨를 강간하려고 한 죄로 잡혀 온 걸 아십니까? 씨발 놈의 새끼 님의 경우에는 준 강간죄에 해당되는데요. 씨발 놈의 새끼 님 같은 경우는 과거의 전력이 조사되어야 할 듯합니다. 그래서 저는 씨발 놈의 새끼 님 아래서 일했던 하사관들을 조사하려고 생각 중인데요. 씨발 놈의 새끼 님은 이에 대해 어떻게 생각하시나요? 물론 그 과정은 씨발 놈의 새끼 님의 변호사에게도 통지될 겁니다. 씨발 놈의 새끼 님이 참여하실 건 없으시구요."

참 자상하게 말하는 노형진이다. 그런데 문제는 이름이었다. 이름이 들어가야 하는 부분마다 씨발 놈의 새끼라는 말이 들어가고 있었다.

"뭐, 지금 뭐라고 했어?"

"씨발 놈의 새끼 님에게 이제 진행될 법률 과정을 안내해 드릴게요."

"욕하잖아!"

"제가 언제 욕했습니까? 전 씨발 놈의 새끼 님이 말씀하신 그대로 불러 드리고 있습니다만? 안 그렇습니까, 씨발 놈의 새끼 님?"

되로 주고 말로 받는 게 아니라 아예 자기 이름이 씨발 놈의 새끼가 되어 버린 것처럼 끊임없이 씨발 놈의 새끼라고 부르고 있었다.

"이 새끼가 진짜!"

"전 본인이 스스로 말한 이름으로 불러 드리고 있습니다, 씨발 놈의 새끼 님."

"큭."

성질이 나서 한마디 했지만 도무지 이길 수가 없었다.

"그래서 씨발 놈의 새끼 님, 답변을 해 주십시오."

히죽거리면서 웃는 노형진. 그걸 보면서 장갑수는 속이 터졌다. 속 터지라고 한 공격에 자신이 그대로 당할 줄이야.

"몰라."

"아, 모르신다고요. 알겠습니다. 피고인, 묵비권을 행사함."

노형진은 그걸로 질문을 끝냈다.

"됐습니다. 가시면 됩니다."

"끝이라고?"

"네, 씨발 놈의 새끼 님. 뭐, 묵비권을 행사하신다는데 제가 무슨 힘이 있겠습니까? 안 그렇습니까, 씨발 놈의 새끼 님?"

끝까지 깐죽거리는 그를 노려보던 장갑수는 바깥으로 나가 버렸다.

"이대로 보내도 됩니까?"

윤보미 중사가 갑갑한 듯 말을 꺼냈다.

"붙잡아 놔 봤자 저 새끼가 말하겠습니까?"

노형진은 그가 묵비권을 행사할 거라는 걸 알고 있었다. 어차피 이건 판사도, 변호사도 모두 적인 싸움이다.

'재판에 아군은 없다.'

그것이 노형진의 생각이었다. 모두가 적이다. 아군이겠거니 하고 대충 준비하면 질 수밖에 없는 것이다. 그리고 실제로 지금 그를 제외한 모든 사람들은 장갑수를 풀어 주기 위해서 별의별 방법을 다 쓰고 있었다. 피해자에게 압박을 가하는 것은 당연한 것이고 말이다.

"자, 그럼."

"어디 가세요?"

"퇴근하려요."

노형진은 시계를 톡톡 두드렸다.

"군인도 공무원입니다. 6시 칼 퇴근은 지켜야 하는 미덕이죠."

⚖

"누구?"

"말을 안 합니다. 그냥 군인이라고만……."

"그 사람이 왜?"

선국당의 유태만 의원은 고개를 갸웃했다.

"유태만 의원님과 할 말이 있다고 하던데요?"

"나와?"

중위라고 하지만 그다지 높은 계급은 아니다. 3선인 그와 이야기할 사람은 아닌 것이다.

"돌려보내. 안 그래도 만날 사람이 많은데."

"도지사 문제로 드릴 말씀이 있다는데요?"

그 말에 유태만은 움찔했다.

"도지사라고?"

"네."

지금의 도지사라면 장갑만이다. 그러나 장갑만은 자신과 전혀 관련이 없다. 소속 정당도 다르고 의견도 다르다. 아니, 한 가지는 같을 수 있다.

'경기도지사 자리.'

그가 노리는 것은 경기도지사 자리였다. 그리고 장갑만은 지금 재선을 노리고 있다. 결과적으로 둘 중 하나가 떨어져야 한다.

"들여보내."

그 말에 고개를 끄덕거리고 나가는 비서관. 잠시 후 한 남자가 들어오자, 유태만은 고개를 갸웃했다.

"누구십니까?"

"반갑습니다. 근데 제 이름을 공개하기는 그러네요."

근데 이상했다. 아무리 봐도 저 사람은 기껏해야 고등학생쯤 되어 보였기 때문이다. 하긴, 노형진의 나이는 이제 스무 살이니 별반 차이가 없다. 더군다나 아직 머리가 짧을 때이니 고등학생으로 보기가 더 쉽다.

"군인 맞습니다. 신분증이라도 보여 드릴까요?"

"아닙니다. 일단 앉으십시오."

자리에 앉혀 주는 유태만.

"저한테 하실 말씀이 있죠?"

"네."

"어떤 말씀이신지……."

"도지사 선거에 나가실 거죠?"

그 말에 그의 눈썹 끝이 파르르 떨렸다. 그럴 수밖에 없는 게, 결심은 했지만 누구에게도 말하지 않았기 때문이다.

"아직은……."

"'아직은.'이 아니라 결심하셨을 텐데요?"

"국정원에서 나온 겁니까?"

아니, 국정원이라고 해도 무슨 초능력자도 아닌 이상에야 무슨 수로 자기 속마음을 안단 말인가?

"아, 그냥 운이 좋았다고 말씀드리고 싶네요."

노형진의 기억이 맞는다면 얼마 후에 있을 선거에서 유태만은 아슬아슬한 차이로 경기도지사로 선발된다.

'뭐, 승리를 위해서라면.'

저쪽에서 형님을 들고 나와서 실드를 치려고 한다면 이쪽에서는 그 실드를 쳐 낼 새로운 공격선을 내보내면 그만이다.

"크흠, 아직 그건……."

"그래요? 아깝네요. 제가 확실한 약점을 알고 있는데. 뭐, 그렇게 생각하신다면 제가 가진 정보는 쓸모가 없군요. 그럼 이만."

노형진이 자리에서 일어나자 유태만은 벌떡 일어났다. 그가 말하는 약점이 자신의 약점일 리가 없다. 그리고 도지사에 나가냐고 물은 것을 생각하면 그 대상이 누구인지는 뻔하다.

"잠깐 이야기 좀 나누실 수 있을까요?"

"잠깐이라면요."

"김 양, 여기 주스 좀 내오게."

"네, 의원님."

주스를 가지고 온 그녀에게 눈짓하는 유태만. 그 눈짓의 뜻을 알아들은 비서는 바깥으로 나갔다. 이제 이 안으로는 아무도 들어오지 않을 것이다.

"누구신지……."

"제 신분을 말하면 문제가 생길 것 같은데요?"

"그럼 무슨 이야기를 하고 싶은 겁니까?"

"도지사가 되고 싶으신 거 아닌가요?"

"그걸 어떻게 안 겁니까?"

"뭐, 방법이 있습니다."

"……."

유태만은 그가 말해 주지 않을 거라는 걸 알 수 있었다. 하지만 그렇게 함으로써 도리어 믿음이 갔다. 목적이 있다면 자기에게서 이권을 챙기려고 할 테니까.

"목적이 뭡니까?"

"인권 주의자 노릇을 좀 해 주셨으면 합니다만."

"인권 주의자?"

"네."

"우리 정당에서는 원래부터 인권을 존중하며……."

"말장난하지 맙시다."

그 말에 유태만은 약간 짜증이 났다. 말하는 게 워낙 싸가지가 없어 보였기 때문이다. 하긴, 스무 살밖에 안 된 사람이 이렇게 와서 말하면 바닥에 바짝 기지 않는 이상에야 싸가지 없어 보일 수밖에.

"요구하는 게 뭡니까?"

"간단합니다. 군대의 인권에 대해서 말하고자 하는 겁니다."

"도대체 무슨 말을 하는 건지……."

"가령 이런 건 어떻습니까?"

"어떤?"

"이건 뭐, 단순한 가정입니다. 만일 의원님이 어느 부대를 시찰하러 나갔는데 그곳에서 성범죄 사건에 관련된 기록을 발견합니다. 게다가 만일 그 기록이 현 도지사인 장갑만의 지인의 범죄 기록이며 장갑만이 그걸 덮기 위해서 노력한다는 걸 알게 된다면 어떻게 하시겠습니까? 또한 만일 그걸 알게 된 의원님이 대로해서 장갑만과 대립각을 세우게 된다면 어떨까요? 그리고 만일 장갑만이 그 와중에 선거에 대비해서 뇌물을 받는 장면을 누군가가 발견한다면 어떻게 될까요?"

"만일…… 말입니까?"

"만일이라면 말이죠."

만일이라고 가정하지만…….

'그렇게 된다면.'

사실 유태만은 장갑만에 비해서 지명도가 살짝 밀리는 경향이 있다. 그러나 그런 큰 문제로 장갑만에 대항하여 싸운다면 유태만의 지명도는 장갑만을 넘어설 수도 있다. 더군다나 나쁜 것도 아니고 좋은 거라면 말이다. 그 상황에서 뇌물 사건만 터트린다면.

"만일 그런 일이 벌어진다면 어느 부대에서 벌어질까요?"

"만일 그런 일이 벌어진다면 OO부대일 가능성이 높겠죠. 동생이 이끌고 있다고 하더군요."

"호오?"

"거기 좋습니다. 산 좋고 물 좋고 미인도 많고."

"미인이 많습니까?"

"네, 특히 이번에 배치된 오씨 성을 가진 하사관 한 명이 그렇게 미인이랍니다."

"뭐, 알겠습니다."

"그럼 전 이만."

"멀리는 안 나갑니다."

대화 자체는 짧았다. 하지만 노형진이 나가고 난 후 유태만의 얼굴에는 미소가 떠올랐다.

⚖

"대한민국의 국민을 지키는 군인이 어떻게 이런 파렴치한 사건을 저지를 수 있는 겁니까!"

기자들 앞에서 성토하는 유태만. 그리고 그를 찍어 대는 사람들. 유태만은 말을 하다가 한참 가슴을 진정시키면서 눈물을 흘렸다.

"제 딸아이는 여군입니다. 제가 가지 말라고 했습니다만 나라를 지킨다는 신념으로 여군에 지원했습니다. 지금쯤 어디선가 힘든 훈련을 하고 있을 겁니다. 그 아이가 원한 건 이 나라, 내 조국을 지키는 겁니다. 그런데 그 아이가 누군가에게 성 노예처럼 취급받게 될 거라는 생각은 못 했습니다. 왜냐? 나라를 지키려고 가긴 했지만, 한편으로는 이 나라의 보호를 받는 소중한 국민이자 미래에는 누군가의 어머니가 될 여성이기 때문입니다."

거기까지 말한 유태만은 눈물을 닦으면서 애써 울음을 삼켰다.

"그런데 이 나라의 군대는 자신의 탐욕을 위해서 한 여자의 인생을 나락으로 떨어트렸습니다. 국가 안보의 근간이 되는 하사관을 강간하려는 작자가 어떻게 군대에 있을 수 있는 겁니까? 그녀는 단순히 군인이 아닙니다. 이 나라의 미래를 짊어지고 갈 청년이자 나라를 지키는 방패이자 이 나라의 미래를 낳아 줄 어머니입니다! 저런 빨갱이 같은 군인이 있는 이상, 우리는 북한을 이길 수 없습니다. 이건 빨갱이 행위나 마찬가지예요! 북한에 나라를 팔아먹는 종북 행위란 말입니다!"

뉴스를 보던 노형진은 씩 웃으면서 TV를 껐다. 그리고 그걸 본 윤보미 중사는 고개를 갸웃했다.

"이래도 됩니까?"

"제가 뭘 했습니까?"

"아니요."

뭘 말해 준 것도 아니고 뭘 부탁한 것도 아니다. 그저 모종의 사건이 있음을 말해 줬을 뿐이다. 유태만은 그 이야기를 듣고 해당 부대를 정식으로 위문차 방문했다. 지인의 아들이 그곳에서 근무 중이기에 위문차 방문한 것이다. 그리고 그가 들이닥쳤을 때 군대는 발칵 뒤집혔다. 국회의원이 나타났으니 말이다. 당연하게도 오윤미 하사는 자신의 숙소에 연금되었다. 그리고 때마침 공식적으로 조사를 위해서 왔던 노형진을 만난 것이다. 노형진을 알아본 그는 모르는 척 질문을 던졌고 그다음은 뻔했다. 그는 대로하고, 기자들을 불러서 폭탄 발언을 터트리며 길길이 날뛰고 있었다.

"이건 빨갱이 짓이에요! 빨갱이 짓!"

길길이 날뛰는 그의 말은 평소와는 좀 달랐다. 그럴 수밖에 없는 것이, 그의 대본은 노형진이 써 준 것이기 때문이다.

"왜 저렇게 빨갱이를 욕하는 거죠?"

"아, 저거요? 일종의 이슈 선점이죠."

"이슈 선점?"

"장갑만이 있는 건국당의 가장 큰 무기는 빨갱이와 안보 그리고 종북입니다. 뭔가를 덮을 생각이 있거나 하면 상대방을 빨갱이나 안보를 해치는 사람으로 몰아붙이죠. 일종의 작전이지요."

"그런데요?"

"아마 이번 사건에 대해서도 장갑만은 모른다고 할 테고 언론을 통해서 빨갱이들의 정권 흔들기라고 말하는 전략을 쓸 겁니다."

"그래서요?"

"그래서 이슈를 선점한 거죠. 일단 유태만이 저렇게 빨갱이라는 이슈를 선점해 버리면 유태만에게 정권을 흔드는 빨갱이라는 이미지를 씌우지 못하거든요. 더군다나 유태만은 우연하게도 군대 내의 사건에 대해서 분노하고 있는 상황이니 말입니다. 즉, 가장 많이 쓰는 방법인 이슈의 선점과 이미지 조작이 불가능해지는 거죠."

"아!"

"그렇게 된다면 장갑만은 손을 뗄 수밖에 없습니다."

동생이 빨갱이라는 호칭을 얻었으니 그를 지키기 위해서 손을 쓰면 자신 역시 빨갱이를 지키는 빨갱이가 된다. 그리고 보수 정권의 첨병이라고 주장하는 건국당에서 그건 치명적인 타격이다.

"더군다나 유태만의 딸은 여군이죠. 군대 내 성범죄자에게 분노하면서 빨갱이라고 공격할 수 있는 권한이 있는 사람입니다. 저 사람이나 아니면 피해자를 빨갱이라고 공격하기에는 이슈가 선점되었으니 적절한 방법이 아니라는 거죠."

장갑만 측에서 어떻게 나올지는 너무나 뻔해서 그걸 사전에 차단한 것이다. 이런 식으로 실드를 쳐 버리면 저쪽에서 언론 플레이로 빨갱이라는 이미지를 씌우고 싶어도 불가능하게 된다.

"근데 왜 여자이니 어머니이니 하는 말을?"

"요즘 여성부가 사정이 안 좋거든요."

"네?"

"그런 게 있습니다."

안 그래도 요즘 여성부에서는 하는 일이 없다고 욕을 바가지로 먹고 있었다. 그러다 보니 이슈가 필요한 상황에서 딱

맞는 이슈가 생긴 것이다. 애초에 여성부와 국방부는 사이가 좋을 수가 없는 조직이다. 그런데 때마침 자신들이 도와줘야 하는 여성이 국방부 내에서 엄청난 피해를 받고 있다는 사실이 드러났으니 그걸 노릴 것이다.

'더군다나 유태만이 여성이니 어머니이니 하면서 감정에 호소해 놨으니 국방부의 입장에서도 딱 잘라서 말할 수가 없게 된 거지.'

만일 여성부에서 해당 하사관을 도와주려는 것을 국방부에서 방해한다면 여성부의 입장에서는 사건을 조작하려는 거 아니냐는 의심을 내비치면 그만이다. 그렇게 되면 국방부의 입장에서는 이걸 단순한 내부 사건으로 감출 수가 없었다. 3선 의원이 딸을 지키는 마음으로 총대를 멘 데다가 여성부까지 진상 조사를 요구하면 언론이 이빨을 들이밀 건 당연하니까.

"헐, 어떻게……."

윤보미는 노형진을 바라보았다.

"원래 법률계에서는 언플도 실력입니다."

유태만이 단순히 다음 대 경기도 지사로 기억하고 있어서 접근한 게 아니었다. 그의 딸이 여군이니 즉, 모든 여군의 아버지의 이미지를 그에게 씌운 것이다. 그리고 반대로 유태만의 딸의 이미지를 오윤미에게 씌움으로써 장갑만과 건국당이 압력을 행사할 수 없도록 만든 것이다.

"이제 재판은 끝난 거나 마찬가지네요?"

"아니요, 재판은 이제부터죠."

"네?"

"이제 압력만 막았을 뿐입니다. 재판정에서 우리가 써야 하는 칼은 저 사람들이 아니라 증거니까요."

언론 플레이는 그저 언론 플레이일 뿐이다. 외부의 압력을 막는 건 승리를 보장하는 게 아니라 공평해졌을 뿐이라는 뜻이다.

"상대방의 멱을 따기 위해서는 무기를 들어야 하지 않겠습니까?"

뽀글이가 식기 전에 돌아오겠습니다

결국 재판이 시작되었다. 온 언론의 집중적인 조명을 받으면서 말이다.

"긴장 안 됩니까?"

"전혀요."

"대단하시네요."

윤보미 중사가 담당한 사건이 이렇게 관심받은 건 처음이었다. 그러니 그녀는 무척이나 긴장될 수밖에 없었다. 하지만 미국에서 수천억 원 이상의 사건을 심심치 않게 다뤘던 노형진은 그러려니 하는 얼굴로 재판정으로 향했다.

찰칵찰칵!

입구로 들어가자 사진을 찍어 대는 사람들. 노형진은 손가락으로 브이를 해 주려다가 말았다. 저 사람들이 기대하는 것은 근엄한 검찰관이지, 애송이가 아니니까.

"너무 어린 거 아냐?"

"그러게."

검찰관이라는 말에 기다리고 있던 기자들은 깜짝 놀랐다. 아무리 봐도 이제 갓 스무 살이 되었을 만한 사람이 검찰관이라고 나오다니.

"잠깐, 저 얼굴…… 어디서 본 것 같은데?"

"어디서 봐?"

"글쎄…… 어디서 보기는 했는데……. 맞다! 최연소 변호사!"

누군가 소리를 질렀다. 바로 몇 달 전 최연소 변호사가 되었다며 세상의 관심을 끌었던 사람이 단 몇 달 만에 세상의 관심을 끄는 중요한 사건의 담당 검찰관이 되어 나타난 것이다.

"시기로 보면…… 첫 사건인데?"

"진짜?"

"대박이다!"

세상을 뒤흔들었던 최연소 변호사의 첫 사건이 한 정치인의 목숨 줄을 쥐고 있는 사건일 줄이야.

"이건 대박인 줄 알았어."

그들을 뒤에 남기고 안으로 들어가는 노형진.

'생각해 보니 첫 사건이네.'

공식적으로 자신이 담당하는 첫 번째 사건. 세상을 뒤흔들었던 어린 변호사의 첫 번째 사건.

'잘해야겠다.'

무심하던 생각을 정리하면서 안으로 들어가는 노형진.

"개정하겠습니다."

안으로 들어가니 근엄한 얼굴로 앉아 있는 판사와 변호사.

'얼씨구.'

척 봐도 그쪽은 상당히 나이를 먹은 사람들이었다. 그러니까 방어 측에는 경험이 풍부한 사람을 집어넣고 공격 측에 애송이를 집어넣은 것이다.

'애초에 사건을 덮을 생각이었군.'

하긴, 안 그랬다면 자신에게 이런 규모의 사건이 올 리가 없다. 물론 상대가 안 좋기는 했지만.

"재판을 시작하겠습니다."

드디어 시작된 재판. 노형진은 천천히 공소장을 읽었다.

"피고인 장갑수는 OO월 OO일 OO노래방에서 피해자 오윤미 하사를 성추행하고 오럴 섹스를 명령했습니다. 오윤미 하사가 거부하자 강간을 목적으로 구타하였으며 이에 오윤미 하사는……."

공소장을 읽고 나자, 분노에 찬 얼굴로 자신을 노려보는 장갑수와 눈이 마주쳤다. 노형진은 그를 보고 코웃음을 쳤다.

"피고인 측, 진술하세요."

"네, 피고인 장갑수는 평소 OO부대의 지휘관으로서 부대 지휘관들과 친목을 도모하는 데 앞장섰습니다. 그날 오 하사와 노래방에 간 건 사실이나, 성추행이라 할 만한 행동은 없었습니다. 오럴 섹스를 명령했다는 건 오직 오 하사의 주장일 뿐입니다."

"증거 있습니까?"

"여기 있습니다. 해당 부대 지휘관들의 진술서로, 평소 장갑수 대령이 부하들을 얼마나 아끼고 있는지 설명해 주는 증거입니다."

한 뭉텅이의 종이를 내놓는 변호사, 아니 변호 장교.

"이 증거에서 보시다시피 피고는 단 한 번도 부대 내에서 그런 행동을 보인 적 없는, 성적으로도 인격적으로도 깨끗한……."

역시나 그런 적이 없다고 딱 잡아떼는 변호 장교. 판사는 사전에 알았던 것처럼 그 말이 얼마나 길어지든 막을 생각이 없어 보였다.

"이상입니다."

결과적으로 그는 착하고 올바른 지휘관의 표상 같은 존재이며, 오윤미는 얼굴만 믿고 까부는 철없는 계집이라는 것이다. 또한 남자를 등쳐 먹을 목적으로 입대했다는 것이다.

'아주 나오는 대로 지껄여라.'

오윤미가 상당한 미모를 가지고 있긴 하다. 하지만 상식적으로 남자를 등쳐 먹으려면 군대에 안 온다. 바깥에 등쳐 먹을 남자가 더 많은데 뭐가 아쉽다고 군대에 온단 말인가?

"검사 측은?"

피고인 측에 비교하면 상당히 짧은 말. 판사 역시 애초에 오더를 받은 게 확실했다.

"해당 노래방의 매출 전표를 갑제 1호로 제출하는 바입니다."

"매출 전표?"

"해당 노래방은 이 지역에서 상당 기간 운영해 온 곳이며 피고가 지속적으로 방문하는 곳입니다. 그리고 그 안에서 피고가 결제한 매출 전표가 존재합니다."

노형진의 말에 고개를 갸웃하는 사람들. 그럴 수밖에 없는 게, 그 매출 전표라는 것은 기본적으로 그 장소에 있다는 것을 뜻하기 때문이다. 그리고 그건 인정했다. 그렇다면 의미가 없다.

'그건 너희 사정이고.'

노형진은 매출 전표를 제출하고 뒤로 물러났다. 그러고는 한 부를 피고인 측에 건넸다.

"이게 무슨 의미가 있나요?"

"보시다시피 해당 노래방의 매출 전표에는 세 가지 패턴이 나타납니다. 2만 원, 4만 원 그리고 20만 원."

"그래서요?"

"갑제 1호증에서 보다시피 일반적인 모든 금액은 2만 원 단위로 올라가게 되어 있습니다. 갑제 1-2호에 따르면 해당 노래방의 가격은 시간당 2만 원입니다. 즉, 해당 노래방의 매출 기록 중 2만 원짜리는 한 시간짜리 손님, 4만 원짜리는 두 시간짜리 손님이라는 겁니다."

"알겠습니다."

별거 아니라는 듯 무심하게 넘어가는 판사. 맞는 말이다. 그것만 봐서는 아무런 효력도 없는 증거다. 하지만 그다음 다른 증거가 붙으면 다른 이야기가 된다.

"이어서 갑제 2호증을 제출합니다. 피고의 카드 내역입니다."

카드 회사에서 넘겨받은 기록을 넘겨주는 노형진.

"갑제 1호와 갑제 2호의 기록을 교차하여 확인하여 주시기 바랍니다. 갑제 1호증 3월 3일. 갑제 2호증 3월 3일. 동일한 카드 번호가 등록되어 있습니다. 이는 피고인의 카드로 피고인이 등록된 날짜에 결제했다는 뜻입니다."

"그래서요? 아무리 장교라고 해도 노래방을 가지 말라는 법은 없습니다."

변호 장교의 반박.

"3월 내역만 정리해 보죠. 3월 3일, 20만 원. 3월 11일, 20만 원. 3월 24일, 20만 원. 3월 31일, 20만 원. 보시다시피 피고인은 3월 한 달 동안에만 결제를 20만씩 네 번이나 한 것입니다. 한 시간당 2만 원이라는 점을 감안하면 전혀 추가적인 시간을 받지 않고도 무려 열 시간이나 그곳에서 상주했다는 뜻이 됩니다."

그 말에 변호사는 약간 당황한 얼굴이 되었다. 그는 장갑수와 뭐라고 이야기하더니만 바로 반박했다.

"대령은 자유 시간을 가질 권리를 가지고 있습니다. 피고인은 노래를 부르는 것이 취미로, 한번 노래방에 가면 상당

시간을 할애한다고 합니다."

그 말에 노형진은 어이가 없어서 말이 안 나왔다.

'열 시간 동안 노래를 불러? 그게 가능하면 군인이 아니라 창을 해야지, 이 미친놈아.'

한국의 창 같은 경우는 열 시간짜리 노래도 있긴 하니까.

"인정합니다."

아니나 다를까, 증거도 없는 변호 장교의 반박을 바로 인정하는 판사. 애초에 다 준비된 것이다.

'뭐, 그럴 거라고 생각했다.'

노형진은 이렇게 될 거라 생각하고 있었다.

"열 시간을 노래를 불렀다고 생각하시는 겁니까?"

"그렇습니다."

"그럼 이 부분을 확인해 주십시오. 방금 제가 불러 드린 날짜 중 3월 3일 카드 매출 시간입니다. 밤 11시 20분. 3월 24일 밤 12시 15분. 다른 것까지 확인하면 많아지니 일단 이 두 가지만 확인하겠습니다."

"확인했습니다."

"밤 11시 20분을 기준으로 열 시간을 판단한다면 아침 9시 20분. 일과 시간이 시작된 이후입니다. 3월 24일 12시 15분을 기준으로 판단한다면 열 시간 후는 아침 10시 15분. 역시 일과 시간이 시작된 이후입니다."

"크흠."

당황한 변호사는 잽싸게 일어났다.

"피고인이 약간의 지각을 한 것은 인정합니다. 하지만 그것이 피고인이 성범죄를 저질렀다는 증거가 될 수는 없습니다."

"인정합니다."

'인정 같은 소리 하고 자빠졌네.'

노형진은 짧은 변론을 인정해 버리는 판사의 말에 바로 반박에 들어갔다.

"다른 증거를 제출합니다. 갑제 3호증 피고인의 관사 출입 내역입니다. 갑제 4호증 피고인의 해당 부대 출입 내역입니다. 3월 4일 새벽 2시 30분경에 관사 입실. 동일인, 아침 9시 10분경에 부대 출근. 3월 25일 3시경에 관사 입실. 동일인, 8시 50분경에 부대 출근. 피고인이 지각했다는 것과는 이야기가 좀 다릅니다. 열 시간을 노래를 불렀다는 분이 시간이 남아서 관사에 가서 잠을 자고 정시에 준해서 출근했다는 건데, 그 노래방이 무슨 만화에 나오는 시간과 공간의 방이라도 되는 겁니까?"

전혀 생각지도 못한 증거에 당혹하는 변호사.

"출근 기록은 이번 사건과 아무런 관련이 없습니다."

"……."

판사는 묘한 표정이 되었다. 사전에 최대한 봐 달라는 언질을 받았지만 증거가 이야기하는 것을 모두 부정할 수는 없기 때문이다. 더군다나 바깥에 있는 기자들이 몇 명인가?

이것이 법이다

"피고인의 기록을 분석하면 20만 원씩 결제한 날들은 대략 네 시간을 외부에서 보냈으며 관사에서 노래방까지의 거리를 생각하면 아무리 길게 잡아도 그 노래방에서 두 시간, 또는 두 시간 반 이상을 보낼 수는 없습니다. 그럼에도 불구하고 피고인은 무려 열 시간 이용 가격에 달하는 20만 원을 결제한 것입니다."

"증거는 인정합니다만…… 이게 사건과 무슨 관련이 있는지 모르겠군요."

모르진 않겠지만 모르는 척하는 판사. 아니, 모르고 싶을 것이다.

"증인을 신청합니다. 3년 전 해당 부대를 전역한 한무진 대위입니다."

그 말에 고개를 갸웃하는 사람들. 3년 전이면 그때는 장갑수가 없을 때이기 때문이다.

"인정합니다. 증인, 앞으로 나오세요."

증인이 나와 선서를 끝내자 노형진은 그에게 다가갔다.

'모든 증거가 확실한 것은 아니지. 하지만 흐름이라는 게 있지, 후후후.'

모든 증거 하나하나가 '그가 범인입니다.'라고 말하지는 않는다. 하지만 조합하면 그게 하나의 증거처럼 되는 경우가 많다. 물론 어지간한 실력이 없으면 그걸 읽어 내지 못한다. 모든 것을 한 번에 봐야 하기 때문이다.

"한무진 대위는 〇〇부대에서 근무했습니까?"

"네, 대위로 그곳에서 3년 근무 후 예편했습니다."

"보직은 중대장이었나요?"

"그렇습니다."

"그럼 〇〇노래방에 대해서 알고 있습니까?"

"알고 있습니다."

"그곳은 어떤 곳이죠?"

"해당 지역 토박이가 운영하는 노래방으로, 제가 듣기로는 20년 이상 된 오래된 곳이라고 합니다."

"그럼 시설이 오래되었겠네요?"

"지금은 모르지만 제가 있었을 당시는 리모델링을 한 적이 없습니다."

"이곳이 그곳인가요?"

"그렇습니다."

"재판장님, 이 노래방 사진을 갑제 5호증으로 제출합니다."

"인정합니다."

일단 그걸 챙기는 서기 담당 하사. 노형진은 이쯤에서 장 갑수의 그 잘난 인격이라는 것에 쐐기를 박아 줄 셈이었다.

"이런 노래방이 한 시간에 2만 원이나 하나요?"

"지역사회니까요. 군인들을 대상으로 하다 보니 좀 비싼 부분이 있습니다."

"그런데 이 노래방에 20만 원짜리 상품도 있습니까? 매출 기록을 보니 피고인뿐만 아니라 수많은 사람들이 20만 원짜리 상품을 결제하던데요."

"그건⋯⋯."

한무진은 잠시 고민했다. 하지만 공소시효는 지났고 이제는 그런 걸로 처벌받을 군인도 아니기에 천천히 입을 열었다.

"성매매의 대가입니다."

"성매매요?"

"네, 성매매입니다."

그 말에 변호사들의 입은 쩍 벌어졌다.

"그러니까 그곳에서 1회의 성매매 가격이 20만 원이라는 건가요?"

"그렇습니다."

"보통 시간이 얼마나 되지요?"

"보통 한 시간에서 한 시간 반 정도입니다."

"그럼 장소는요?"

"10분 거리에 있는 모텔로 이동합니다."

"그럼 부대에서 성매매를 마치고 돌아오는 데에 걸리는 평균 시간은?"

"네 시간입니다."

"증인의 말에 따르면 피고인이 보인 행동 패턴은 하나의 결과를 도출하고 있습니다. 피고인이 성적으로도 깨끗하고 인격적으로 완성된 인간이라고 하나, 이 기록에 따르면 피고인이 이 부대에 배치된 2년 전부터 매달 3~4회에 걸쳐서 지속적으로 성매매가 이루어졌다는 것을 알 수 있습니다. 성적으로 깨끗하다는 피고인이 이러한 일을 했다는 사실은 생각보다 문란한 성생활을 하고 있다는 뜻입니다. 질문을 마치겠습니다. 이상입니다."

노형진이 들어가자 피고인 측은 꿀 먹은 벙어리가 되었다. 그도 그럴 것이, 성매매를 이렇게 숱하게 한다는 것 자체가 성적으로 깨끗하다는 기본 명제를 무너트리기 때문이다.

"변호인, 질문하십시오."

판사의 말에 변호인은 자리에서 일어났다.

"증인은 그곳이 성매매 장소인 걸 어떻게 알고 있었습니까? 누군가에게 들었습니까?"

"아닙니다. 제가 손님이었습니다."

"그럼 성매매를 인정하는 겁니까? 그건 불법으로 처벌받을 수 있는……."

어떻게 해서든 증언을 번복시키려는 변호사. 하지만 노형진이 그걸 그냥 둘 리가 없다.

"재판장님, 지금 변호인은 증인에게 겁을 주고 있습니다. 또한 증인의 범죄행위는 공소시효가 훨씬 지났습니다."

"인정합니다."

누가 봐도 겁주는 상황이었기에 판사는 막을 수밖에 없었다.

"그럼 3년 후에도 가격이 안 올랐다는 건데, 물가가 다 오르는데 그건 안 오른 이유가 뭘까요?"

"비싸니까요. 사실 1회 20만 원이면 엄청나게 비싼 겁니다."

"그럼 증인은 피고인이 성매매를 하는 것을 본 적이 있습니까?"

"없습니다."

"그럼 성매매를 한 적이 없다는 거네요?"

"알 수가 없습니다. 전 3년 전 예편했고 피고인은 2년 전에 왔다고 들었습니다."

피고인에 대해서 반박 질문을 해야 하는데 애초에 피고인에 대해서 알지 못하니 반박할 거리도 없었다.

"질문을 마치겠습니다."

피고인 측 변호사는 아래로 내려가 장갑수와 무슨 이야기를 하더니 판사를 바라보았다.

"잠시 휴정을 요청합니다."

"인정합니다. 20분간 휴식 후 다시 시작하겠습니다."

냉큼 봐주는 판사를 보면서 노형진은 씁쓸하게 웃었다.

⚖️

"자네, 이러기인가?"

"제가 뭘 어쨌는데요?"

"그거야……."

그는 검찰관이고 사회의 검사와 똑같다. 그리고 그의 임무는 범인을 잡는 거다.

"우리의 입장은 생각 안 하나?"

"입장요? 무슨 입장요? 서로가 서로의 자리에서 최선을 다하면 끝 아닌가요?"

"하지만……."

"아니면 피고인이 처벌받으면 안 되는 무슨 사유라도?"

"……."

"하실 말씀이 없으면 전 다음 재판을 준비해야 해서요."

"자네, 후회할 걸세."

노형진을 노려보면서 멀어지는 변호사들. 노형진은 그들을 보면서 피식 웃었다.

"후회할 거면 이 삶을 선택하지도 않았습니다."

자신이 죽는 순간까지의 미래는 어느 정도 알고 있다. 갑부는 아니지만 상당한 부자가 될 수 있는 정보들이다.

'그러고 보니 그것도 생각해 봐야겠네.'

지금까지는 미성년자에 돈이 없어서 공부만 했지만 이제는 아니다. 성인이 되었고 연수원 시절에 벌어 둔 돈도 있다.

'겸업 금지 때문에 지금은 뭘 할 수 없지만…… 투자 정도는 가능하겠군.'

돈이 많으면 좋다. 생활도, 인생도 편하다. 결정적으로 압박을 줄 때 가장 많이 사용되는 것이 바로 돈이다. 당연히 돈만 있으면 무시할 수 있다.

이것이 법이다

"뭘 그렇게 생각하십니까?"

"아, 윤보미 중사님."

"아주 박살을 내 놓으셨다고 들었습니다."

"어떻게 아셨습니까?"

"서기가 제3사관학교 동기입니다."

"아!"

하긴, 처절할 정도로 박살이 난 것일 게다. 생각지도 못한 증거들로 피고인의 믿음에 확실한 상처를 내 놨으니까.

"휴정이라니 어지간히 다급했나 보네요."

한국은 휴정이 상당히 드물다. 그런데 그걸 신청하고 받아 줬다는 건 피고인 측도, 판사도 상당히 당황한 상태라는 뜻이다.

"20분 동안 머리 빙빙 돌려 보라고 하십시오. 제가 그놈들 머리 꼭대기에 있을 테니까."

"그 20분이 지났습니다."

"아."

어느샌가 벌써 20분이 지난 것이다. 노형진은 자신의 서류 가방을 들었다.

"윤 중사님."

"말씀하십시오."

"부탁 하나 들어주십시오."

"어떤 부탁요?"

"뽀글이 하나 끓여 주십시오. 식기 전에 모가지를 따 오겠습니다."

"풋."

그 말에 윤보미 중사는 웃을 수밖에 없었다.

다시 재판이 시작되었다. 변호 장교는 똥 씹은 얼굴로 다시 자리로 들어왔다. 솔직히 20분 안에 해결책이 나올 만큼 만만한 사건이 아니니 딱히 방법이 없었다. 그나마 할 수 있는 게 노형진에게 압력을 행사하는 건데 그마저도 가볍게 무시해 버렸다.

"기존의 증거에서 보다시피 국가를 방위하는 대령이라는 계급을 가지고 피고인은 한 달 최소 4회, 최대 8회에 걸쳐서 성매매를 하며……."

변호 장교는 마음이 다급했다. 물론 성매매를 했다는 것이 강간 미수를 했다는 것이 되는 것은 아니다. 하지만 그의 형님이 누군가? 경기도지사 장갑만이다. 상식적으로 아무리 대령이 돈이 많이 나온다고 한들 한 달에 8회씩 성매매를 한다는 건 말이 안 된다. 가족도 있는 사람이니 말이다. 그럼 그 돈이 나올 구멍은 한 곳뿐이다.

"이의를 신청합니다. 검찰관은 피고인이 성매매를 했다고 확신하고 주장하고 있습니다."

"인정합니다."

판사는 냉큼 변호 장교의 편을 들어 줬다.

"그래서 노래방 업주를 증인으로 신청하고자 합니다."

"뭐요? 노래방 업주?"

"그렇습니다. 노래방 업주를 증인으로 신청한 후 그와 관계를 맺은 여성들을 불러올 생각입니다. 허가해 주시겠습니까?"

'안 할 수가 없을걸.'

애초에 노래방에 대한 성매매 고발이 들어갔다. 당연하게도 그런 업소의 관리는 소위 말하는 바지 사장, 즉 가짜 사장들이 하기 마련이다. 성매매 사실은 부정할 수 없으니 대신 처벌받기 위해서다.

"이의를 철회하겠습니다."

변호 장교의 말에 판사의 얼굴이 와락 일그러졌다. 자신이 보지도 않고 이의를 인정했는데 그걸 철회하면 어쩌란 말인가? 판사의 판단력에 문제가 있는 것으로 보일 수밖에 없었다.

사실 이번 건 블러핑, 즉 허세였다. 어차피 바지 사장이 처벌받아도 그는 아가씨들을 공개하지 않는다. 장사는 계속해야 하니까. 하지만 저 사람들은 그걸 모른다. 당장 아가씨가 와서 성매매했다고 하면 빼도 박도 못하는 것이니 그저 합리적인 의심 수준으로 남기는 게 최선이다.

"철회를 인정합니다."

결국 물러날 수밖에 없는 건 그들이었다.

"하지만 재판장님, 성매매는 인정한다고 하더라도 그것이 강간 미수와 동일한 범죄에 속하는 것은 아닙니다."

맞는 말이다. 군인의 성매매는 도의적으로 지탄받을 일이기는 하지만 생리적으로는 한계가 있는 제한일 뿐이다.

'네가 어쩔 거냐?'

강간을 입증하는 것은 쉽지 않다. 그러니 저쪽은 강간에 대한 명확한 증거를 내놓을 것이다. 그래서 일반적인 경우, 보통은 피해자의 진술을 중요 증거로 다루지만 저쪽은 장갑수를 보호하라는 명령이 떨어진 이상, 진술은 인정하지 않을 것이다.

"재판장님, 검사는 피고인의 강간을 입증할 수 있는 증거는 전혀 제출하지 아니한 채로 피고인이 과거 성매매 전력이 있다는 점을 이유로 마치 강간범인 것처럼 주장하고 있습니다. 아무런 증거도 없는 그의 주장은 그저 희생양 만들기에 지나지 않습니다."

저쪽이 자신 있게 나설 수 있는 건 바로 이런 이유에서였다. 증거가 있을 수 없다는 것.

"인정합니다. 검사 측은 확실한 증거를 내놓으세요."

"알겠습니다."

노형진이 고개를 끄덕이자, 그걸 본 변호 장교는 자신도 모르게 침을 꿀꺽 삼켰다. 확실한 증거도 없는 상황에서 고개를 끄덕거릴 이유가 없기 때문이다.

'아니야, 저건 뻥이야. 남아 있는 게 있을 리가 없어.'

그 당시 증거가 될 만한 기록들은 모조리 삭제했다. 길거리의 CCTV도, 다른 가게들에 있는 외부 카메라도 확인했다.

이것이법이다

"갑제 6호증 감시 카메라 동영상을 제출합니다."

"그런 게 있을 리가 없어!"

자신도 모르게 벌떡 일어난 변호 장교.

"그게 왜 없다고 생각하시는 건가요?"

"그건……."

변호 장교는 아차 싶었다. 하지만 한번 먹잇감을 문 노형진이 물러날 리가 없다.

"조사하다 보니까 재미있는 이야기를 하더군요. 일단의 무리가 몰려다니면서 그 당시 카메라 영상의 삭제를 요구했다고 말입니다."

"……."

"그런데 그걸 요구한 걸 아셨나 봅니다."

"……."

변호 장교가 땀을 뻘뻘 흘리기 시작하자 노형진은 미소를 지었다.

"재판장님."

"말하세요."

"피고인의 변호인을 증거인멸 혐의로 고발하는 바입니다."

"뭐라고!"

"그게 무슨 헛소리야!"

"증거 있어?"

버럭 소리를 지르는 사람들. 노형진은 그들을 보면서 코웃음을 쳤다.

"증거요? 있지요."

뭔가를 대기 중인 모니터에 끼우고 작동시키는 노형진. 그러자 곧 동영상이 재생되기 시작했다.

―네? 그 당시 영상 자료를 삭제하라고요?

―하십시오.

―하지만…….

―만일 하지 않으실 경우, 부대를 통해서 이곳에 대한 압박을 가할 겁니다. 이곳은 군대를 통해서 먹고살죠? 만일 군인들이 이곳에 오지 않는다면 그 미래는 뻔할 텐데요?

―…….

―삭제하십시오. 다른 곳들도 다 이야기가 끝났습니다. 거부하시면 피곤해질 겁니다.

―네.

결국 어쩔 수 없다는 듯이 자리를 비켜 주는 주인. 그리고 그 남자는 그 주인의 자리로 들어가서 직접 컴퓨터를 뒤져서 그날 있었던 외부 카메라의 영상을 몽땅 삭제했다.

―이 일을 발설하면 재미없을 겁니다.

마지막까지 상인을 협박하고 떠나는 남자. 그 남자는 누가 봐도 변호 장교였다.

"바보 같은 실수를 하셨더군요."

바보같이 그는 그 강간 사건 당일 기록만 삭제했지, 자기가 왔다 간 그날의 기록은 삭제하지 않았던 것이다. 더군다나 이곳은 다른 곳과 다르게 음성 녹음까지 되는 카메라였던 지라 얼굴과 목소리까지 모조리 녹음된 것이다.

"재판장님…… 이것은…… 법률상 변호인의 비밀 유지 조항에 의거하여…….

"재판장님, 비밀 유지 조항은 변호인이 의뢰인의 범죄 사실이나 범죄에 대한 증거를 알게 되었을 때 공개하지 않아도 처벌하지 않는 규정이지, 범죄 사실을 은폐하기 위하여 증거를 삭제하는 것에는 해당되지 않습니다."

그 말에 입을 다무는 변호 장교.

"재판장님."

"으윽."

재판장은 이를 악물었다. 안 그래도 그를 지키기 위한 행동이 언론에 새어 나가 문제가 되고 있는데 변호 장교가 증거를 훼손했다는 사실까지 새어 나간다면 사태는 걷잡을 수 없게 될 것이 뻔했다.

"헌병, 변호 장교를 체포하세요. 피고인의 변호 장교가 없으므로 재판은 연기하겠습니다."

"자, 잠깐만요! 재판장님! 재판장님!"

그러나 증거가 너무 명확했기 때문에 그는 속절없이 끌려갔고 판사는 노형진을 무섭게 노려보다가 바깥으로 나갔다.

"아, 속이 다 시원하네."

재판정 바깥으로 나가자 거기에는 윤보미 중사가 어이가 없다는 듯 서 있었다.

"중사님, 뭐 하세요?"

"지금 그런 질문이 나오세요?"

상대방은 중령 계급을 가진 변호 장교다. 즉, 말뚝 박은 군인인 동시에 노형진의 상관이기도 하다는 소리다. 그런 그를 재판정에서 체포시켜 놓고 뭐 하냐니?

"뽀글이는요?"

"네?"

"뽀글이요. 제가 부탁드렸잖습니까? 뽀글이가 다 식기 전에 모가지 따고 온다고."

그 말에 윤보미는 시계를 봤다. 진짜로 시간상 얼마 걸리지도 않았다. 한 10분 정도. 그 정도면 물을 끓여서 뽀글이를 만들 경우, 딱 익었을 시점이었다.

"맙소사."

윤보미 중사는 혀를 찰 수밖에 없었다.

　언론은 발칵 뒤집혔다. 안 그래도 유태만이 이걸 정치권으로 끌고 올라가서 부담스러워 죽겠는데 장갑수의 변호 장교가 증거인멸 혐의로 구속된 것이다. 체계적인 증거인멸 정황이 드러나면서 여성부에서도 감찰을 요구하기 시작했고, 결국 국방부 감찰대에서 감찰에 착수했다.

　"이제는 좀 공평해지겠습니다."

　판사도 바뀌고 변호사도 바뀌었다. 수사 결과, 변호 장교와 판사가 수시로 회동한 기록이 나왔기 때문이다.

　"공평요? 지금 대한민국 군대를 발칵 뒤집어 놓으셨잖습니까?"

　"정의만 세운다면 천 번이든 만 번이든 뒤흔들 수 있습니다."

"꿍."

가뜩이나 대형 사건이 이제는 초대형 사건으로 커졌고 얼마 후 있을 지역 선거에서 안 그래도 호시탐탐 노리고 있던 야당 측에서는 벌 떼처럼 일어나서 공격하고 있었다.

"그나저나 오늘은 어쩌실 겁니까?"

"글쎄요. 일단 나가 봐야지요."

마치 모른다는 듯 천연덕스럽게 말하는 노형진이지만 그가 준비도 없이 나가지는 않을 거라는 사실을 윤보미 중사는 알고 있었다.

"이따가 뵙죠."

노형진은 자신의 가방을 들고는 미소를 지었다.

⚖

"지난번 증거를 정리하자면……."

새로 온 판사는 그래도 나름 공평한 사람이었다. 그럴 수밖에 없었다. 이제는 정치권의 핵심이 된 사항이다 보니 편의에 따라서 한쪽에 유리한 사람을 넣을 수가 없었던 것이다.

"따라서 본 검찰관은 피고인의 범죄 사실을 입증할 수 있는 다른 증거인 감시 카메라 영상을 제출하는 바입니다."

"하지만 검찰관, 피고인의 전 변호인이 모든 영상을 삭제했다고 들었는데요?"

"모든 건 아닙니다."

노형진은 작은 메모리 카드를 텔레비전에 넣고 작동시켰다. 그건 제법 깔끔한 화질로, 노래방의 입구를 비추고 있었다.

"저건?"

"노래방 앞에 있는 편의점에 설치된 현금인출기에 설치된 카메라입니다."

"아!"

전 변호사는 카메라를 찾기 위해서 위쪽만 바라보고 다녔다. 그래서 정작 매립형으로 현금인출기에 설치된 작은 카메라를 놓쳤던 것이다. 그리고 보안 특성상 그 카메라는 상당한 고화질 영상을 제공했다.

"그 당시 사건 시간을 보자면."

화면의 시간 조절키를 움직여서 동영상을 작동시키는 노형진. 그리고 어느 곳에 멈춰 서서 잠시 기다리자, 노래방에서 한 여자가 헐레벌떡 뛰어나오는 것이 보였다. 군복으로 보이는 옷의 상의 부분이 흔들거리는 것이, 누가 봐도 일부 뜯겨 나간 것이 확실했다. 그녀가 나가고 채 20초도 지나지 않아서 한 남자가 헐레벌떡 뛰어나왔다. 그는 엉거주춤하게 자신의 허리춤을 끌어 올린 채로 어떻게 해서든 바지의 단추를 채우려고 하면서 여자를 따라가려 했지만 자꾸 내려가는 바지 때문에 결국 그곳에서 고꾸라졌다. 바둥거리면서 일어난 그가 일어나서 여자가 뛰어간 곳을 바라봤을 때 여자는 벌써 멀리 도망친 후였고, 그걸 안 그 남자는 당황한 듯 어디론가 전화를 걸기 시작했다.

"그리고 갑제 7호증. 해당 남녀의 얼굴을 확대하여 프린트한 사진입니다."

노형진이 프린트물을 판사와 변호사에게 건네자 다들 얼굴이 딱딱하게 굳었다. 크기가 작은 모니터에서는 몰랐지만 확대해서 보니 누가 봐도 피해자인 오윤미와 가해자인 장갑수였기 때문이다.

"인정합니다."

너무 빼도 박도 못할 증거였기 때문에 변호 장교는 약간 당황했다. 갑자기 자기한테 부담스러운 사건이 떨어졌는데 그마저도 터무니없이 강력한 증거가 상대방에게 있는 사건이 아닌가?

"피고인 측, 할 말 있습니까?"

"없습니다."

반박할 거리가 없으니 할 말도 없었다.

"또한 다른 증거를 제출합니다. 피고인 장갑수의 통화 내역입니다. 사건 당일, 장갑수의 통화 내역을 보면 밤 11시경 그의 형인 도지사 장갑만에게 전화를 건 내역이 있습니다. 그리고 그 발신 지역은 OO 지역입니다. 즉, 군부대 위수 지역 내 노래방 주변임을 뜻합니다. 마지막으로 증거에서 보시다시피……."

노형진은 화면에 나타난 시간 표시를 판사와 변호사에게 들이밀었다.

"이 남자, 즉 피고인이 노래방에서 나와서 누군가에게 전화한 시간이 정확하게 11시 1분으로 기록되어 있습니다. 피고인이 그날 그 장소에 있었으나 성추행이나 강간의 의사 없이 평온하게 종료했다는 시점에 말입니다. 이상입니다."

마지막 쐐기를 박는 증거에 변호인은 한숨이 나왔다.

'나보고 어쩌라고.'

상대방은 그저 그런 애송이가 아니다. 법률적 과정, 증거의 수집, 증거의 해석 등 모든 면에서 상당한 경험을 가진 노련한 작자였다.

'스무 살 맞아?'

듣기로는 분명 스무 살짜리 애송이로, 이제 막 사법연수원을 졸업했으며 공식적으로 이번이 첫 번째 사건이라고 한다.

'그런데 어떻게…….'

자신이 생각도 못 하는 증언과 증거를 찾고 그걸 연결해서 범죄 사실을 증명하며 그것도 모자라 하늘 같은 선배이자 자신의 상관을 구속시켜 버렸다.

"변호인!"

"네?"

"할 말 없습니까?"

"그게……."

자신이 처음부터 담당했던 사건도 아니고 선배가 구속되면서 갑자기 받은 사건이다. 그런데 뭘 알겠는가?

"재판장님, 변론 기일 변경을 신청합니다. 본 변호인이 사건을 받은 지 얼마 되지 않아서 검토가 부족합니다."

"음."

판사는 고민하다가 고개를 끄덕거렸다.

"인정합니다."

그나마 시간을 벌었다는 사실에 변호 장교는 안도의 한숨을 내쉬었지만 저 괴물을 어찌 상대할지 앞이 깜깜했다.

⚖

"빼도 박도 못하게 되었네요?"

"보통은 그럴 겁니다."

"보통은?"

"상대방은 어찌 되었든 정치인의 동생입니다. 더군다나 이번에는 정치권의 핵심 사건이 되었으니 그들의 입장에서는 어떻게 해서든 이 재판에서 승리해야 합니다."

그래야 자신들에 대한 공격이 주춤해지기 때문이다. 안 그래도 얼마 후 있을 지방선거 때문에 야당 측에서 미친 듯이 공격해서 부담스러울 지경이었다.

"그럼 검찰관님은 무슨 생각을 하고 계시는 겁니까?"

이것이 법이다

"정치는 내 알 바 아니죠."

정치는 자신이 이용해 먹는 도구일 뿐이다. 자신의 궁극적인 목적은 승리에 있다.

"다음 재판에서는 저쪽에서 어떻게 해서든 새로운 증거를 가지고 나올 겁니다. 우리의 가장 큰 약점은 정황증거뿐이라는 겁니다."

옷이 찢어진 오 하사와 그녀를 따라온 장 대령이 있지만 그건 말 그대로 정황증거일 뿐, 폭행을 가하거나 강간을 시도했다는 확실한 증거가 필요했다.

"검찰관님."

"네?"

"이번 사건, 꼭 이겨 주십시오."

윤보미 중사는 노형진을 지그시 바라보면서 입을 열었다.

"이 사건을 보는 여군들이 한두 명이 아닙니다. 아니, 이 나라의 모든 여군들이 다 보고 있을 겁니다."

안 그래도 성추행이 많은 나라가 대한민국이다. 그런데 군대라는 폐쇄적인 조직, 거기에 압도적인 남성 비율을 자랑하고 여자가 장교만 기준으로 할 때 상대적인 약자에 들어가는 이곳에서 막말로 성희롱을 당하지 않을 여자가 없다고 봐도 무방할 정도다. 이런 상황에서 당당하게 권력에 굴복하지 않고 성범죄자를 잡으려고 하는 노형진의 이야기가 퍼지지 않을 수가 없었다.

"이러다가 소개팅이라도 시켜 주시겠습니다. 하하하."

"원하신다면 해 드리죠. 근데 연상이 대부분인데 괜찮으시겠습니까?"

"그건…… 끄응…… 좀 나중에 생각하죠. 제가 소개팅하면 대성통곡할 사람이 한 명 있어서 말입니다."

"어머? 여친?"

"여친은 아닌데…… 하여간 그런 사람이 있습니다."

대성통곡 정도가 아니라 아예 식음을 전폐할지도 모른다.

'내가 어쩌다가 그런 애송이하고……'

노형진은 한숨이 나왔다.

"그나저나 왜 기록이 안 오나."

"기록이라니요?"

"조사를 맡긴 게 있어서 말입니다."

"조사라니요?"

"아, 그런 게 있습니다, 후후후."

단순히 영상만 가지고 사건을 진행할 수는 없다. 확실하게 그 안에서 벌어진 것이 뭔지 알아내야 했다.

따르릉.

"통신 보안, 노형진 검찰관 사무실입니다."

그때 전화가 오자 그걸 받아 드는 윤보미. 그런데 그가 고개를 갸웃했다.

"유전자 검사 연구소 말씀이십니까?"

"아, 그거 제 전화입니다. 돌려 주시면 됩니다."

전화를 돌려 달라고 한 노형진은 그걸 냉큼 받았다.

"전화 바꿨습니다. 결과가 나왔나요? 네, 네, 네."

상대 쪽에서 들리는 목소리에 집중하던 노형진의 얼굴에 미소가 떠올랐다.

"알겠습니다. 받으러 가지요."

⚖

"일이 너무 커지는 거 아닌가요?"

"원래 일은 크게 해야 합니다."

"네?"

"원래 일은 커야 한다구요. 일을 작은 단계에서 해결하려고 하니까 해결되지 않는 겁니다. 가장 거창하고 화려하게 해결해야 나중에 문제가 안 되는 겁니다."

노형진은 차를 끌고 서울로 향했다.

"그런데 왜 검사를 외부에다가?"

"이 상황에서 누구를 믿겠습니까?"

누구를 믿을 수 있다면 그건 법률이 안정적으로 돌아간다는 뜻이다. 하지만 지금은 절대 누구를 믿을 수 있는 상황이 아니었다. 그래서 노형진은 자신의 돈을 들여서 외부에 유전자 검사를 맡겼다.

"그렇지만 모든 사건에 그럴 건 아니잖아요?"

"모든 사건에 그럴 건 아니지만 이미지가 중요하죠. 가령 제가 이런 짓까지 하면서 진실을 밝히려고 한다는 사실이 소문났을 때 누군가 제 상대가 된다면 섣불리 손을 쓰겠습니까?"

"잠깐…… 그럼 지금까지 계속 일을 터트린 게……."

"제 상대가 된 이상, 각오하라는 이미지 작업이죠."

윤보미는 입을 쩍 벌렸다. 단순히 정의로운 마음에 그런 건 줄 알았더니만 그게 아니었던 것이다. 물론 법을 전공한 자로서 노형진의 마음속에도 정의라는 것이 있다. 심지어 그것 때문에 목숨을 잃기도 했다. 하지만 한편으로는 극도의 효율성을 추구하기도 했다.

'입으로만 평화를 외치는 자들은 결코 평화롭지 못하다.'

그게 그의 평소 신조였으니까. 정의를 지키기 위해서는, 상대방이 정의롭지 않다고 판단되면 어떻게든 밟아야 한다.

"도착했군요."

서울에 있는 유전자 연구소에 들어가자 그들의 신분을 확인한 뒤 입구가 열렸고, 두 사람은 그 안으로 들어갔다.

"반갑습니다."

"네, 반갑습니다. 그나저나 검사 결과가 나왔다면서요?"

"고생 좀 했습니다."

한 장의 종이를 꺼내는 연구원.

"이게 터지면 상당히 큰일이 될 텐데요?"

그걸 받아 든 윤보미가 걱정스럽게 중얼거렸다. 수치는 모르지만 이 문제가 터지면 이만저만 큰일이 아닐 것이다.

"그런 걸 두려워하면 누구를 지키겠습니까? 군인이잖습니까? 병사들이 목숨 걸고 나라를 지킨다면 우리는 목숨 걸고 그들을 지켜 줘야지요."

노형진은 웃으면서 종이를 챙겼다.

"이쯤에서 이 지루한 싸움을 끝내도록 할까요?"

모든 준비는 끝났다.

⚖️

"검찰관이 제출한 증거의 검토 결과, 사진 속의 인물이 장갑수 대령인 것은 확인했습니다. 하지만 그것은 정황증거일 뿐입니다. 명확하게 피고인이 강간을 시도했다는 증거는 없습니다."

아니나 다를까, 예상한 대로 상대방은 정황증거일 뿐이라면서 혐의를 부정했다. 아무리 그들이 중립을 지키려고 한다고 할지라도 국방부 차원에서 내려온 보호 명령을 어길 수는 없었던 것이다.

"흠."

판사는 이야기를 들으면서도 고민에 빠졌다. 국방부의 명령은 명확하지만 그들의 명령에 따라서 장갑수를 보호하기에는 일이 너무 커졌다. 더군다나 군 내 사기도 있기 마련이다. 이래서는 여성 부사관들이나 장교의 사기가 바닥을 칠 게 뻔하다.

"검찰관, 할 말 없습니까?"

그는 노형진이 좀 더 확실한 증거를 가지고 있길 바랐다. 하지만 현실적으로 그걸 가지고 있는 것은 쉬운 일이 아니었다.

"친애하는 재판장님."

노형진은 자리에서 일어났다. 더 이상 사건을 끌어 봐야 피로감만 늘어날 뿐이다.

"갑제 9호증을 제출합니다. 피해자 오윤미 하사의 당시 군복과 브래지어에서 추출해 낸 신원 미상의 남자의 유전자 검사 결과입니다."

"유전자!"

그 말에 얼굴이 사색이 된 변호 장교.

"이번 사건의 조사에서 오윤미 하사의 주장은 이렇습니다. '피고인이 환영한다며 자신을 초대하였고 단둘이 술집에서 만났으며 술에 취한 피고인 장갑수가 노래방에서 오럴 섹스를 명령했다. 하지만 거부하자 자신을 쓰러트리려고 하였고, 군사훈련을 받은 오윤미 하사는 자신을 덮친 장갑수 대령의 음낭을 걷어차고 그곳을 탈출했다.'라는 것입니다. 또한 지난번에 제출한 갑제 7호증에서 봤다시피 오윤미 하사는 분명 옷이 뜯어진 채로 도주하였습니다."

이것이 법이다

"크흠."

성범죄 사건에서 사람들이 가장 먼저 생각하는 것이 정액이다. 하지만 이런 미수 사건 같은 건 정액이 있을 수가 없다. 그러니까 미수인 것이다. 하지만 사람의 유전자는 정액에만 있는 것이 아니다.

"피고인의 주장대로 어떠한 성추행도 없었다면 피해자가 혼자서 옷을 뜯어 내고 도주했다는 뜻이 됩니다. 그렇다면 피해자의 속옷인 브래지어에서 채취한 유전자가 피고인의 유전자와 일치할 수는 없을 겁니다."

그 말에 갑자기 얼굴이 창백해지면서 와들와들 떨기 시작하는 장갑수였다. 그리고 그걸 본 변호 장교는 눈을 질끈 감았다.

"그렇군요. 그럼 피고인의 유전자와 비교하기 위해서 피고인에게 유전자 검사를 요청하겠습니다."

판사는 납득한 듯 고개를 끄덕거렸다. 속옷에 유전자가 묻어 있다는 것은 단 두 가지 가능성을 가지고 있다. 합의하의 성관계가 있었든지, 아니면 강간 미수가 맞든지. 하지만 상식적으로 합의하에 관계했다면 확실하게 팬티를 노리지, 브래지어를 노리지는 않을 것이다.

'내가 이래서 그렇게 후다닥 달려간 거지.'

첫날, 노형진이 사건을 받자마자 부대로 달려간 것은 단순히 그들이 피해자의 입을 막는 것을 막기 위해서가 아니었다. 아직 세탁되지 않은 완벽한 증거를 얻기 위해서였다. 아니나 다를까, 패닉에 빠진 오 하사는 그날 입었던 옷을 빨기는커녕 바라보지도 못하고 있었기에 노형진은 어렵지 않게 그 옷을 얻을 수 있었다.

"또한 관련 증거로 두 번째 유전자 검사 결과를 제출합니다."

"두 번째?"

"정식 보고서에도 보고되어 있지만 검찰관이 피고인과의 면담을 위해서 해당 부대를 찾은 날. 피고인은 검찰관의 멱살을 잡으면서 불만을 드러냈습니다. 그 옷에서 찾아낸 신원미상의 유전자를 제출하는 바입니다."

"음⋯⋯."

판사는 그걸 받아서 살피기 시작했다. 그리고 시선이 미미하게 떨리기 시작했다. 그럴 수밖에 없는 게, 누가 봐도 두 개의 보고서는 동일한 유전자를 가지고 있다고 이야기하고 있었기 때문이다.

'이제 어쩔 거냐?'

저쪽에서 쓸 방법은 단 하나. 유전자 검사 결과를 조작하는 것이다. 오윤미 하사의 옷에서 나온 검사는 조작할 수 없으니 남은 건 당사자의 유전자 검사 결과를 조작하는 것이다. 그러나 노형진은 다른 방향에서 그의 유전자를 얻어서 조사한 것이다.

'내가 그래서 외부의 연구소를 쓴 거지.'

법원의 명령이 떨어지면 그 검사는 100% 국과수, 즉 국립
과학수사대에서 하게 된다. 그런데 두 개의 유전자가 동일한
상태에서 장갑수의 유전자가 전혀 다르게 나온다면 비리가
있다는 뜻이 된다. 당연히 재검사를 요구하거나 외부의 중립
기관을 요구할 수 있게 된다.

"피고인에게 유전자 검사를 명령하겠습니다. 다음 재판은
그 결과가 나오고 난 후에 계속하겠습니다."

⚖️

2주 뒤 결과가 나왔고, 노형진과 장갑수는 다시 재판정에
서 만났다. 장갑수는 그동안의 당당한 모습이 아니라 파리하
고 공포에 질려 있었다.

"검사 결과가 나왔습니다."

"……."

"피고인 장갑수의 유전자와 피해자 오윤미의 속옷에서 채
취한 유전자 그리고 검찰관 노형진의 군복에서 채취한 유전
자가 100% 일치했습니다. 변호인, 할 말 있습니까?"

빼도 박도 못할 확실한 증거가 나오자 변호 장교와 장갑수
는 아무런 말도 하지 못했다. 너무 확실한 증거였다.

"재판장님…… 협상을 하고 싶습니다."

변호 장교는 파리한 얼굴로 힘겹게 일어났다. 이런 경우에

할 수 있는 것은 하나뿐이다. 바로 협상. 협상이란 일종의 거래로, 범죄 사실을 인정하는 조건으로 형량을 감경하는 것을 말한다.

"거절합니다."

그리고 그 권한은 노형진에게 있다.

"노 검찰관!"

"완벽한 증거가 나왔는데 제가 왜 협상을 해야 합니까?"

"으음."

생각지도 못한 말에 판사도 할 말을 잃었다. 맞는 말이다. 협상이란 일반적으로 사건 초반에 하는 게 맞다. 검찰에 확실한 증거가 없지만 범인도 피할 수 없다고 생각할 때 하는 것이다. 하지만 지금은 확실한 증거가 있다. 바보가 아닌 이상에야 그걸 받아들일 사람은 없다.

"하지만……."

"하지만 뭐요? 피고인의 형이 경기도지사라서 봐줘야 한다는 겁니까?"

"……."

대놓고 말하자 말을 못 하는 두 사람.

판사는 독하게 마음을 먹었다. 어차피 이 상황에서 피고인 측은 무기를 다 썼다. 그리고 승자는 불 보듯 뻔했다.

"다음 기일에 결심하겠습니다."

"재판장님!"

"검찰관이 협상을 거부한 이상, 협상은 의미가 없습니다."

"……."

변호 장교는 입을 뻐끔거렸고 얼굴이 파리해진 장갑수는 고개를 푹 숙일 수밖에 없었다.

⚖️

"이럴 줄 알았지."

징역 2년에 집행유예 4년. 아무리 판사가 중심을 잡고 하려고 한다고 해도 정치적 사건에 윗선의 입김을 무시할 수는 없다.

"유일한 승리는 옷을 벗긴 것뿐이네요."

"그렇죠."

어찌 되었든 강간 미수에 대해서 실형이 나왔으니 군인으로서의 장갑수의 삶은 끝난 것이나 마찬가지다. 파면당할 테고 연금도 없을 것이다. 그게 끝이라는 게 문제지만.

"오윤미 하사가 왔습니다."

"들여보내 주세요."

노형진의 말에 오윤미 하사가 안으로 들어왔다.

"감사합니다."

그녀는 들어오자마자 노형진에게 고개를 숙여서 인사를 건넸다.

"감사는요. 의당 해야 하는 일을 했을 뿐입니다."

"아닙니다."

맨 처음 신고한다고 했을 때 선배 하사관들은 다들 말렸다. 신고해 봐야 의미도 없고 처벌도 안 받고 도리어 자신이 무고로 고소당할 게 뻔하다는 것이다. 그런데 기적적으로 이겼고 그 결과 우려했던 사태는 벌어지지 않았다.

"하지만 이제 문제가 뭔지 아시겠지요?"

"네."

이겼지만 이긴 게 아니다. 군대에서 내부 고발을 한 이상 군 생활이 가능할 리 없다. 안 그래도 부대 내부에서 그녀를 왕따시키라는 명령이 떨어졌다. 비공식 명령이지만 누구도 어길 수가 없는 명령이다.

"그만두셔야 할 겁니다."

"……."

나라를 지키기 위해서 들어온 군대에서 창녀 취급을 받은 것도 모자라 이렇게 잘린다는 사실에 그녀는 우울했다.

"하지만 그냥 그만두시면 섭섭하시잖습니까? 퇴직금은 두둑하게 받아 가셔야지요."

"말씀은 감사합니다. 하지만 전 퇴직금이 거의 없습니다."

이제 임관한 지 채 다섯 달이 안 된 상황에서 있어 봤자 얼마나 있겠는가? 노형진은 그 말에 미소를 지었다.

"그래요. 정부에서는 퇴직금을 안 주겠지요."

이것이 법이다

"네."

"하지만 받아 줄 사람은 많습니다."

"받아 줄 사람?"

"여기."

노형진은 자신의 주머니에서 명함을 하나 꺼내서 그녀에게 건넸다.

"새론 법무법인이라고, 제법 실력 있는 법무법인입니다. 그곳에 가서서 민사 문제로 왔다고 하시고 제 이야기를 하시면 됩니다."

"민사요?"

"네."

"하지만…… 이것도 이렇게 힘들게 이겼는데……."

"이게 이겼기 때문에 민사는 더 쉽습니다. 더군다나 민사는 군사법원이 아닌 일반 법원에서 하도록 되어 있습니다. 당연히 국방부에서 압력을 행사할 수 없죠. 그리고 새론이 대룡그룹과 선이 닿아 있습니다. 그쪽에서 섣불리 압력을 행사할 수도 없죠."

"어째서…… 이렇게까지……."

보통 검찰관은 일을 제대로 하지도 않고, 설령 제대로 한다고 해도 그냥 사건이 끝나면 땡이다. 이렇게 다 끝난 후에도 조언해 주진 않는다.

"아…… 공짜는 아닙니다."

"공짜는 아니라구요?"

"그쪽에서 누구를 좀 가르쳐 달라고 하더군요."

"그게 무슨 말씀이신지?"

"일종의…… 교습용 재판이랄까요?"

"아……."

새론에서는 이번 재판에 대해서 상당한 관심을 가지고 있었다. 그동안 몇 번이나 노형진이 기적과 같은 승리를 하는 것을 봐 왔고 민시아가 그를 도와서 누구도 불가능하다고 생각하는 재판을 이기는 것도 봤다. 심지어 이번 재판 초기에도 회사 내부에서는 '답 없음. 완패.'라고 선을 그었다. 증거의 확보를 떠나서 정치계의 거물이 끼어 있으니 이길 수가 없었던 것이다. 그런데 그걸 뒤집어 도리어 그 정치계의 거물의 정치생명까지 위협하는 상황이 되었다.

"그쪽에서 사건을 맡아 주는 대신에 수임료는 받지 않기로 했답니다. 대신에 제가 몇 가지 조언을 해 주는 게 조건이지만요. 아무래도 제가 소속이 이렇다 보니 출석을 해 주지는 못하거든요."

"검찰관님……."

"어허, 울지 마십시오. 그 험한 일 당하고도 버티던 분이 우시다니요."

"고맙습니다."

이제는 나가서 어떻게 먹고살아야 하나 고민이 많았던 그녀였다. 그런데 충분한 배상만 받을 수 있다면 작은 가게라도 열고 먹고살 수 있을 것이다.

"힘내십시오. 원래 세상은 더럽지만 그래도 아직 좋은 사람은 있습니다."

"감사합니다."

"아, 이건 가지고 가서 읽어 보세요. 아마 남은 부대 내 생활을 하는 데에 도움이 많이 될 겁니다."

제법 두툼한 서류 봉투를 그에게 건네는 노형진이었다. 그 후에 그녀를 보내고 나서 노형진은 의자에 길게 기대앉았다. 그걸 보면서 윤보미 중사는 웃음이 나왔다.

"속 편해 보이십니다."

"편합니다."

"위에서 중위님을 죽이려고 덤빌 텐데요?"

"제가 죽어 봐서 아는데, 그거 별거 아닙니다."

"네?"

"아뇨, 그런 게 있습니다, 하하하."

노형진은 그저 웃음으로 말을 흐릴 뿐이었다.

"그나저나 손해배상액이 얼마나 될까요? 솔직히 많이 나오지는 않을 텐데요?"

"장갑수만 노리면 그렇지요."

"네?"

노형진은 몸을 일으키면서 서류를 탁탁 쳐서 정리했다.

"장갑수만 노리면 확실히 얼마 안 됩니다. 아마 많아 봐야 2천만 원 정도 되겠지요."

"그런데 왜……."

"군대잖습니까?"

"네?"

'군대니까.'라는 말에 윤보미는 고개를 갸웃할 수밖에 없었다. 전부터 느낀 거지만 군대라서 가능하다면서 터무니없는 짓을 저지르는데 그게 또 묘하게 맞아떨어진다. 그게 가능한 건 노형진이 병사로서 군인의 생리에 대해서 너무나도 잘 겪었기 때문이다. 그 역시 회귀 전에 장교로 갔다면 다른 사람들과 마찬가지로 군대의 생리에 대해서 잘 모를 것이다.

"기수 열외라는 말 아십니까?"

"기수 열외?"

"네, 해병대의 근간이 된 말이죠."

회귀 전에는 해병대에서 대형 사건이 터지고 그 주 원인이 기수 열외라고 지적되면서 전 국민이 알게 되었지만 지금은 아직 그런 상황이 아니었다.

"쉽게 말해서 사람대우를 안 해 주는 겁니다. 상부의 명령을 받고 그 기수 열외를 행하는 거죠. 일종의 군대식 왕따인 셈이죠."

"무슨 뜻인지 알겠습니다."

분명 잘못된 일이지만 여전히 존재하는 악습이다. 물론 정부에서는 고칠 생각이 없지만.

"내부 고발을 하신 오윤미 하사님도 아마 열외시킬 겁니다. 뻔하죠. 철저하게 왕따 시킬 겁니다."

"그러겠지요. 그런데 그거랑 무슨 관계가……."

"아까 준 봉투가 뭔지 압니까?"

"뭔가요?"

"병사들의 실질적인 권력 관계에 관한 조언입니다."

"조언?"

"네, 그리고 소송에서 이기기 위한 조언이죠."

"……?"

"그냥 이 말씀을 드리고 싶네요. 사병의 주적은 북한이 아니라 간부입니다."

더욱 이해하기 힘든 얼굴이 되는 윤보미 중사.

노형진이 준 것을 간단하게 설명하면 왕따에서 벗어나는 법, 아니 왕따의 증인을 모으는 법이다. 어차피 상부에서 떨어지는 왕따 명령도 장교들 내부에서 벌어질 수밖에 없다. 병사들에게 특정 장교의 왕따를 명령할 수는 없으니 말이다. 물론 눈치 빠른 병사들은 그걸 알아채고 거기에 동참하긴 한다. 하지만 그건 어디까지나 상대방이 남자인 경우에 한해서다. 그녀는 여자다. 그리고 피해자다. 젊은 남자의 경우, 대부분 성범죄자들을 무척 싫어한다. 따라서 병장과 상병을 어느 정도 모은다면 장교들에게는 왕따를 당해도 그들에게는

당하지 않을 수 있다. 아니, 오히려 그들이 다른 장교를 왕따
할 것이다.

　실제로 그런 일도 많다. 장교란 전쟁터에서 목숨을 지휘하
는 사람인데 그런 자들에게 믿음이 안 가면 병사들이 따를
리가 없다. 그리고 그들과 친해지고 나서 어쩔 수 없이 퇴직
하게 된다면 그들은 기꺼이 증인이 될 것이고 그 왕따에 대
한 손해배상으로 제법 큰돈을 만지게 될 것이다.

　'반성? 웃기고 자빠졌네.'

　어찌 보면 손해배상 소송을 당하는 대다수 장교들은 억울
할 수도 있다. 하지만 왕따를 하라는 명백하게 잘못된 명령
에 따른 이상 그들의 책임이다.

　"자, 다음 일을 시작합시다."

　아직도 사건은 많고 3년은 여전히 긴 시간이었다.

"흑흑흑."

"아니, 누구 죽었어요?"

"눈물이 안 나니, 그럼? 자식새끼가 군대에 가는데?"

"고모에게는 군대가 죽으러 가는 곳인가요?"

"그럼 죽으러 가는 곳이지. 전쟁터에 죽으러 가는 곳 맞잖아, 흑흑흑."

"고모, 저 멀쩡하게 살아 있거든요. 절 좀비로 만들지 말아 주실래요?"

노형진은 명절을 맞이해서 고향에 갔다. 친척들과 이런저런 이야기도 할 생각에서였다. 어찌 되었든 노형진은 집안에서 기대받고 있는 유망주이니까. 문제는 그 분위기가 전혀 상관없는 고모 때문에 망가졌다는 것이다.

"아! 그만 좀 울어!"

"어떻게 울어요! 우리 애가 이 빈대떡을 얼마나 좋아했는데!"

전을 부치다 말고 이번에 군대에 간 노형진의 사촌 형이 생각난다며 눈물을 펑펑 흘리고 있으니 분위기가 좋을 수가 없었다.

"형진아, 네가 어떻게 좋게 안 되니?"

"제가 무슨 힘이 있다구요. 전 고작 중위인데요?"

"그래도 대령까지 잡아넣은 검찰관이잖아."

"네, 저 검찰관인데요. 검찰관한테 청탁을 넣으면 큰일 나죠."

외동아들이다 보니 좀 과보호하는 건 알고 있었지만 대성통곡하는 고모를 보니 한숨만 나왔다.

"그만 좀 울어!"

오죽하면 고모부가 소리를 다 지를까.

"걱정 마세요. 잘 다녀올 겁니다."

군대라고 해서 무조건 왕따의 대상이 되는 것은 아니다. 노형진은 쓸데없는 걱정을 한다고 피식 웃고 말았다. 하지만 세상일이라는 게 그렇게 쉽게 흘러갈 리가 없었다.

⚖

"왕따요?"

"그래."

자신을 찾아온 고모부의 말에 노형진은 얼굴을 찌푸렸다.

"어떻게 아셨어요?"

"얼마 전에 면회를 갔다 오지 않았느냐. 근데 온몸에 멀쩡한 곳이 없더구나. 반갑다고 포옹하는데 비명을 지르더구나."

"끙."

평소에도 걱정 많고 겁이 많은 고모가 왔다면 별거 아닌 거라고 하고 말았겠지만, 진중하고 쉽게 움직이지 않는 고모부가 왔다면 그건 생각보다 상황이 심각하다는 소리다.

"어떻게 방법이 없겠느냐?"

"저도…… 영 방법이…….."

사촌 형이 있는 부대는 자신의 관할이 아니다. 물론 다른 검찰관에게 신고한다면 해결해 줄 수도 있지만 지난번 사건 이후 자신을 좋게 보질 않으니 그것도 무리였다.

'설사 부탁한다고 해도 결말이 뻔하니.'

일종의 경고로 끝날 가능성이 높다. 그 후에 상황이 좀 심해지면 부대를 전출해 주고 땡일 것이다. 그리고 일반적으로 타 부대로 가면 거기서도 이방인, 즉 왕따 취급받는다.

"아니, 왜요?"

소심한 것도 아니고 그렇다고 신체적으로 약한 것도 아니고 멍청한 것도 아니다. 한국 3대 대학교 중 한 곳인 한국대 경영학과에 과 대표까지 했던 사람이다. 당연히 사람하고 친하게 지내는 스킬이 장난이 아니다. 나쁘게 말하면 일단 친해지려고 들이미는 타입이랄까?

"하사관 한 명이 문제라더구나."

"하사관요?"

"이규연이라는 하사인데…… 학력 콤플렉스가 대단한 모양이야."

"네?"

"어떻게 입대한 건지는 모르지만 하사를 달고 있기는 한데 멍청해서 중사로 승진도 못 하고 몇 년째 그 자리에 있단다. 그래서 학력이 높은 애들을 무척이나 싫어한다는구나."

"몇 년째요?"

"그래."

"이런 미친……."

보통 하사에서 중사로 올라가는 건 자연스럽게 이루어진다. 그럼에도 불구하고 계속 하사라는 건 인격적으로도, 실력적으로도 심각한 문제가 있다는 소리다.

'골 때리는 놈이네.'

그런 놈들이 있다. 진짜 답이 없는 놈들. 그런 놈들은 진리나 이성적인 조언을 들어 먹질 않는다. 문제는 그런 녀석들이 군대라는 조직에 있으면서 생기는 일이다. 사실 실력으로 보면 사회에서는 노가다를 뛰거나 짜장면이나 배달할 녀석이 지휘관이라는 이름을 달고 있으니 제정신이겠는가? 기고만장해서 자기 마음대로 부대를 망치는 것이다.

"방법이 없겠니?"

"꿍."

그런 녀석은 자신이 가서 검찰관이라고 들이밀어도 눈 깜짝하지 않을 가능성이 높다.

"돈 좀 쓰셔야겠는데요?"

"돈?"

노형진의 말에 고모부는 얼굴을 찌푸렸다.

"그놈에게 돈을 주자는 말이냐? 그건 싫다."

돈이 아까운 게 아니다. 한번 돈맛을 본 녀석은 또다시 돈을 뜯어내기 위해 발악할 것이다.

"그 녀석에게 주자는 게 아닙니다. 방법이 있기는 한데……살짝 불법이거든요. 뭐, 피해자가 생기는 건 아니긴 한데…….'

"검찰관이 불법을 자행하라고?"

"원래 법은 안 걸리는 게 관건인 겁니다."

"허허허."

"어떻게, 해 보시겠어요? 뭐, 많이 들어가는 건 아닙니다만."

"설마 몇억씩 드는 건 아니지?"

"한 200만 원 정도요?"

"그 정도야 뭐…….'

사업하는 고모부이니 부담되지 않을 것이다. 사실 그 정도 투자해서 부대 내 왕따를 멈출 수 있다면 아까울 것도 없다.

"그래, 어떻게 하면 되냐?"

"제가 준비해 둘게요. 뭘 준비하느냐면요……."

⚖

　노형진은 그날부터 체대 몇 곳을 돌아다녔다. 몇몇은 어이없어했지만 몇몇은 일당을 준다고 하니 선선히 고개를 끄덕거렸다. 체대라는 특성상, 아르바이트를 하기가 조금 불편한 부분이 있기 때문이다. 여자는 건강미라도 쳐주겠지만 남자는 덩치만 봐서는 쓸데가 없다.

　그러고는 여기저기 예약을 하러 다녔다. 고모부는 면회를 가서 작전을 설명했고, 드디어 디데이가 왔다.

　"이래도 되는 거냐?"

　"불법은 아니잖습니까?"

　"그래도……."

　"뭐, 불법이면 뭐 어때요? 피해자가 생기는 것도 아니고. 어, 한 명 있긴 하네요. 그 멍청한 하사관."

　"……."

　함께 차를 타고 움직이는 노형진과 고모부. 주말을 맞이해 면회를 가는 것이다. 단, 오늘은 인원이 좀 많았다.

　"사전에 이야기는 해 놨지요?"

　"그래."

　처음엔 아니라고 발뺌하던 사촌 형도 결국 고개를 끄덕일 수밖에 없었다. 남은 군 생활을 맞으면서 보내고 싶진 않았으니까.

"도착!"

저 멀리 보이는 부대. 대대 규모의 작은 주둔지였다. 노형진은 전화기를 들었고 몇 마디를 건넸다.

"잘 부탁드립니다."

"걱정 마십시오. 그나저나 이거, 좋은 방법이네요. 우리 후배들한테 써먹어도 됩니까? 군 생활이 편할 것 같은데."

"저작권 행사는 안 할게요."

"하하하."

대화가 끝나자 노형진은 전화를 끊었다.

차들은 천천히 위병소로 다가갔다.

"정지!"

위병소를 지키던 병사들은 잔뜩 긴장했다. 번쩍거리는 차를 따라 무려 네 대나 되는 시커먼 SUV들이 들어왔기 때문이다.

끼이익.

노형진은 딱 그 앞에서 멈췄다.

"누구……십니까?"

"면회 왔습니다."

"면회요? 누구를……."

힐끔거리면서 뒤에 서 있는 차들을 보는 하사관.

"2중대 박노진 이병입니다."

"뒤의 분들은?"

"아, 직원입니다."

"직원 말입니까?"

"네."

그 말에 약간은 이상하게 바라보는 하사관. 하지만 온 사람을 쫓아낼 수는 없었기에 일단은 들여보내기로 했다.

"신분증을 주셔야 합니다."

"형님, 신분증."

"여기."

고모부는 뒷좌석에 있다가 모른 척 신분증을 건넸다.

"전부 다 주셔야 합니다."

"전부 다요?"

"네."

노형진은 피식 웃었다. 본격적으로 장난칠 때가 된 것이다.

"야! 갈치야! 신분증 모아 오란다!"

"네, 형님!"

그 즉시 뒤쪽 차에서 한 남자가 내려 신분증을 모아 확인하기 시작했다. 그런데 갑자기 머리를 긁적거리면서 노형진에게 다가오는 게 아닌가.

"형님, 망구랑 덩어리가 신분증이 없다는데요?"

"뭐? 이런 미친 새끼들! 대한민국 국민이라는 작자가 신분증도 안 들고 다녀?"

"주의하겠습니다, 형님."

"하는 수 없지. 두 놈은 위병소 바깥에서 기다리라고 하고 나머지만 들어간다."

"네, 형님!"

그 말에 차에서 내리는 두 명의 덩치. 그들은 짜증스럽게 위병을 노려보다가 위병소 구석으로 향했다.

"여기 있습니다."

"아, 네⋯⋯."

우르르 몰려와서 신분증을 몰아서 제출하는 사람들을 본 위병은 잔뜩 긴장했고, 그사이 차는 천천히 면회소로 향했다.

"애들아! 깔아라!"

"네!"

그 말이 끝나기 무섭게 우르르 차에서 음식을 까는 사람들. 그런데 그 양이 한두 명이 먹을 게 아니었다.

"제가 우리 아들이 있는 소대의 대원들을 위해서 음식을 준비했는데, 괜찮겠습니까?"

"네? 아⋯⋯ 네⋯⋯."

약간은 주저하던 하사관은 고개를 끄덕거렸다. 잠시 후 한 명이 내려오더니 얼굴을 와락 일그러뜨렸다.

"아들!"

"아빠! 애들 데리고 다니지 말랬잖아!"

"아니, 요즘 분위기가 안 좋아서 말이지."

"그래도 그렇지, 이렇게 떼거리로 오면⋯⋯."

"미안하다. 그래도 소대원들 음식까지 싸 왔으니 좀 봐 다오."

"끄응."

"오랜만에 뵙습니다, 도련님."

덩어리 한 명이 인사하자 고개를 절레절레 흔드는 박노진. 그는 음식을 보다가 하사관에게 다가갔다.

"충성! 이병 박노진, 하사관님에게 청이 있습니다."

"응?"

"소대원들 음식까지 싸 왔다는데 소대원 몇 명만 불러서 가지고 가라고 하면 안 되겠습니까?"

"그, 그래……."

입구에서 근무하던 하사관은 다름 아닌 박노진을 괴롭힌다는 그놈이었다. 물론 그가 근무하는 때라는 것을 알고 온 것이다.

"애들 몇 명 보내라."

음식이라는 말에 좋다고 뛰어왔던 일병들은 엄청나게 많은 음식들과 그 뒤에 있는 덩어리들을 보고 바짝 얼어붙었다.

"가지고 가십시오."

"네."

김밥 한 줄 남기고 음식을 넘기자 눈치를 보며 받아 가는 일병들. 특히 이규연 하사는 계속 눈치를 볼 수밖에 없었다.

"먹어라."

"네."

식사하려다가 눈을 찌푸리는 고모부. 그러자 노형진은 화를 버럭 냈다.

"이 새끼들아! 형님 식사하시는데 뒤에서 그렇게 서 있으면 넘어가겠냐!"

"죄송합니다, 형님!"

"이리 와. 우리는 쭈쭈바나 빨고 있자."

생각해 보라. 한쪽에서 스무 명에 가까운 덩치들이 우르르 뭉쳐서 쭈쭈바나 빨고 있으니 얼마나 웃기겠는가? 하지만 그 당사자인 이규연 하사는 등골이 오싹해져서 침을 꼴딱꼴딱 삼켰다. 박노진을 괴롭힌 게 한두 번이 아니었기 때문이다.

"하사님."

"응?"

"아버지가 인사드리고 싶다는데요?"

"아…… 아버님이?"

"네."

"크흠."

그 말에 엉거주춤하게 일어나서 다가가는 그였다.

"반갑습니다. 노진이 아비 되는 사람입니다."

"이규연입니다."

"우리 노진이가 신세를 많이 지고 있다고 들었습니다."

이규연은 그 말이 왠지 자신의 사망진단서에 사인하는 듯한 소리처럼 들렸다.

"신세는요, 무슨……."

"아닙니다. 남자가 신세를 졌으면 갚아야 하는 거 아닙니까?"

미소를 지으면서 박노진의 손을 잡는 고모부. 그리고 모골이 송연해지는 이규연.

"제가 비록 요즘 주변에 파리들이 꼬여서 이렇게 왔지만 다음번에는 어디 조용한 곳에서 독대하고 싶군요."

"네……."

이규연의 머릿속에는 땅속에서 머리만 나온 채로 묻혀 있는 자신과 그걸 바라보는 아버지의 모습이 그려지고 있었다.

"아, 그리고 이건……."

고모부는 명함 하나를 건넸다.

"서울에 있는 우리 가게 이용권입니다. 이걸 가지고 가시면 잘해 드릴 겁니다."

"이용권이라니, 무슨 가게를 하시기에……."

"뭐, 작은 룸살롱을 하고 있습니다."

그 말에 이규연의 기분은 죽을 맛이 되었다. 누가 봐도 조폭이었던 것이다.

'내가 미쳤구나.'

공부만 하는 샌님인 줄 알고 질투에 차서 죽어라 괴롭혔는데, 뒤에 생각지도 못한 존재가 있었던 것이다.

"우리 노진이가 우리 가문의 희망입니다. 비록 제가 이 짓으로 먹고살지만 우리 노진이는 공부를 잘하니 크게 성공할 거라 믿고 있습니다. 가문에서 많은 기대를 걸고 있는 아이니까 특별히 신경 좀 써 주십시오."

"네……."

"잘 부탁드립니다."

마지막까지 강렬한 눈빛으로 내려다보는 고모부.

"형님, 시간이 다 되어 갑니다."

"그래? 그럼 가야지."

"네, 형님. 얘들아, 가자!"

어느 정도 시간이 지나자 고모부를 일으켜 세우는 노형진. 그리고 구석에서 이제는 다 비어 버린 쭈쭈바를 빨던 덩치들도 일으켜 세웠다.

"잘 부탁드립니다."

마지막까지 인사하는 고모부. 노형진은 그런 고모부와 차를 타고 부대를 나왔다. 고모부는 한숨을 내쉬었다.

"휴, 잘한 거냐?"

"잘하시던데요? 연기자 하셔도 되겠습니다."

"하하하."

진지한 타입이라 그런지 고모부의 연기는 생각보다 뛰어났다.

"그런데 이런다고 괴롭히는 걸 멈출까?"

"멈출 겁니다. 아는 만큼 보이니까요."

저런 인간들이 두려워하는 건 단 하나다. 바로 자신에게 피해가 오는 것. 그것도 저항조차 할 수 없는 피해가 오는 것이다. 강자에게 약하고 약자에게 강한 자들의 특징이다.

"아마도 그 녀석은 형님이 거물 조폭인 줄 알겠지요."

물론 그럴 리 없다. 조폭인 척 조용히 있던 애들은 그냥 체대에서 온 알바생이고 차들은 렌터카 회사에서 빌린 것이다.

"의심 안 할까?"

"그래서 제가 그 이용권을 준비한 것 아닙니까?"

분명 저 인간은 저 이용권을 사용할 것이다. 한두 푼짜리도 아닌 고급 룸살롱에서 쓸 수 있는데 안 쓸 리가 없다. 룸살롱에는 이미 다 이야기하고 돈까지 계산해 놨다. 당연히 그가 가면 그쪽에서 극진하게 대접하면서 슬쩍 몇 마디를 할 테니, 그에게는 그 룸살롱이 명백한 고모부의 가게로 보일 것이다.

"자기가 건드리지 못할 강자라고 생각하면 알아서 기게 되어 있어요, 저런 놈들은."

"그러면 좋겠다만……."

"걱정하지 마시라니까요."

저런 놈들은 회귀 전 만 단위로 만났던 놈들이다. 입만 살아 있는 놈들. 진정한 힘이라고 느끼면 알아서 길 게 뻔하다.

"이제 편안하게 군 생활을 보내면 됩니다."

노형진은 그 누구보다 자신이 있었다.

다음 권으로 이어집니다

꿈의 도약, 로크에서 하십시오
(주)로크미디어에서 신인 작가를 모십니다

즐거운 세상, 로크미디어는 꿈을 사랑하고 도전을 두려워하지 않는 작가 분들의 참신한 작품을 기다리고 있습니다. 21세기 장르 문학계를 이끌어 갈 차세대 선두 주자 (주)로크미디어에서 여러분의 나래를 활짝 펴 보시길 바랍니다.

모집 분야 판타지와 무협을 포함한 장르 문학
모집 대상 아마추어 작가, 인터넷 작가
모집 기한 수시 모집
   작품 접수 시 유의 사항
    1. 파일명은 작가명_작품명.hwp형식을 갖춰 주십시오.
    1. 파일에 들어갈 내용은 다음과 같습니다.
       — 성명(필명인 경우 실명을 밝혀 주세요), 연락처, 이메일 주소
       — 제목, 기획 의도
       — A4용지 1장 분량의 등장인물 소개
       — A4용지 2장 분량의 전체 줄거리
       — 본문
    1. 작품이 인터넷에 연재되고 있다면, 게시판명과 사이트의 구체적이고 정확한 주소를 기재해 주십시오.

선택된 작품은 정식 계약 후 출판물로 간행되어 전국 서점에 유통됩니다.
작가 분은 (주)로크미디어의 전폭적인 지원하에 전속 작가로 활동하시게 됩니다.
※ 자세한 내용은 로크미디어 홈페이지(rokmedia.com)를 참조하세요.

(140 - 133)서울시 용산구 원효로97길 46 진여원빌딩 5층
(주)로크미디어 편집부 신간 기획 담당자 앞
전화 : 02 - 3273 - 5135
www.rokmedia.com   이메일 : rokmedia@empas.com

200평 초대형 24시 만화방

📖 수원시청점

로데오거리   ●농협

24시 만화방
3F

●CGV   ⑧ 수원시청역 8번출구

●홍콩반점

TEL : 031-226-3771
수원시 팔달구 인계동 1041-11 3층 24시 만화방

수면실 (침대식) — 사우나석

2인석 — 샤워실

세탁기 — 신간100%

📖 의정부점

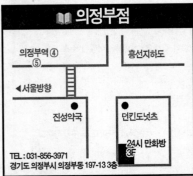

의정부역 ④ ⑤   흥선지하도

◀서울방향

진성약국   던킨도넛츠

24시 만화방
3F

TEL : 031-856-3971
경기도 의정부시 의정부동 197-13 3층

📖 안양점

●안양역   육교

◀관악역   명학역▶

●농협
24시 만화방
2F
안양일번가

TEL : 031-466-3771
경기도 안양시 안양동 674-163 공룡고기건물 2층

📖 주안점

주안 남부역

◀제물포   민병철 어학원   간석동▶

24시 만화방 **6F**

TEL : 032-426-2871
인천광역시 주안남부역 지하상가 4번 출구 GS25 건물 6층

📖 안산점

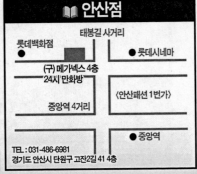

롯데백화점 ●   태봉길 사거리   ●롯데시네마

(구) 메가넥스 4층
24시 만화방

〈안산패션 1번가〉

중앙역 4거리

●중앙역

TEL : 031-486-6981
경기도 안산시 단원구 고잔2길 41 4층